Begegnungen in Bonnieux

Walter Messner, geboren in Trossingen, lebt seit mehr als 30 Jahren am östlichen Bodensee, arbeitet als Yogalehrer und ist seit vielen Jahren begeisterter Tangotänzer. Für das Portal »Tango am Bodensee« schreibt er den Newsletter. Darüber hinaus verfasste er Beiträge für die Zeitschrift »Tangodanza«. Seine Lebensstationen waren Zürich, Wiesbaden und München. Während seiner Reisen besucht Messner regelmäßig Milongas, die ihm den Stoff für seine Bücher liefern.

Seine ersten beiden Tango-Romane »Hans & Isabel« sowie »Marie« wurden 2016 bzw. 2017 veröffentlicht. Mit dem nun erschienenen Buch »Begegnungen in Bon nieux« hat Messner seine Roman-Trilogie vollendet.

WALTER MESSNER

Begegnungen in Bonnieux

Ein Tango-Roman

Bibliografische Information der Deutschen Nationalbibliothek.
Die Deutsche Nationalbibliothek verzeichnet diese Publikation in der
Deutschen Nationalbibliografie; detaillierte bibliografische Daten sind
im Internet über http://dnb.dnb.de abrufbar.

Satz, Umschlaggestaltung, Herstellung und Verlag:
BoD – Books on Demand, Norderstedt
ISBN 978-3-7494-4099-3

Ich lobe den Tanz,
denn er befreit den Menschen
von der Schwere der Dinge
bindet den Vereinzelten
zu Gemeinschaft.

Ich lobe den Tanz
der alles fordert und fördert
Gesundheit und klaren Geist
und eine beschwingte Seele.

Tanz ist Verwandlung
des Raumes, der Zeit, des Menschen
der dauernd in Gefahr ist
zu zerfallen ganz Hirn
Wille oder Gefühl zu werden.

Der Tanz dagegen fordert
den ganzen Menschen
der in seiner Mitte verankert ist
der nicht besessen ist

von der Begehrlichkeit
nach Menschen und Dingen
und von der Dämonie
der Verlassenheit im eigenen Ich.

Der Tanz fordert
den befreiten, den schwingenden Menschen
im Gleichgewicht aller Kräfte.

Ich lobe den Tanz.

O Mensch
lerne tanzen,
sonst wissen die Engel
im Himmel mit dir
nichts anzufangen.

Dieser Text wird Aurelius Augustinus (354 – 430 n. Chr.)
zugeschrieben.

1.

Nizza

Paul Berger betrachtet während des Landeanflugs auf den Aéroport Nice Côte d'Azur das atemberaubende Mittelmeer-Panorama, das unter ihm vorbeizieht. Als das Flugzeug etwas kippt, zeigt das kleine Fenster zur Linken eine spärlich bebaute Halbinsel, die wie ein Finger in das Mittelmeer hineingreift. Etwa eine Minute später kündigt die dichter werdende Besiedlung die Nähe einer größeren Stadt an: Nizza, mit seiner prächtigen Häuserkulisse, dem Segelhafen und den Hügelketten dahinter, zu denen hin sich die Stadt allmählich auflöst. Kurz, bevor das Flugzeug zur Landung ansetzt, rückt der Terminal in Form einer riesigen Glasschüssel ins Blickfeld.

Vor einem Jahr war Paul auf dem Flughafen Marseille Provence angekommen, als Marie zu Grabe getragen wurde. Seine tiefe Trauer besetzte jede Zelle seines Körpers, seine Sinne waren eingeschränkt und er hatte keine Augen für die Schönheiten der Provence, die ihm an diesem schrecklichen Tag verborgen blieben. Mühevoll und energielos erledigte er die Formalitäten, als er seinen Mietwagen in Empfang nahm, um nach Bonnieux zu fahren.

Nach der Beerdigung hatten die Trauergäste, bestehend aus Maries ehemaligen Arbeitskollegen sowie

Conny und Paul, vereinbart, sich künftig einmal im Jahr in Bonnieux zu treffen, um gemeinsam den Jahrestag von Maries Tod zu begehen. Conny, die Pfälzerin, die inzwischen ständig in Paris lebt, sollte Paul benachrichtigen, ob das Treffen zustande kommt. Der hatte schon gar nicht mehr daran gedacht, als er von einer SMS überrascht wurde.

Lieber Paul,

wie geht es Dir? Ich vermisse unseren Kontakt – doch ich weiß, ich bin selbst schuld daran, dass Du Dich nicht mehr meldest. Es tut mir so leid, wie ich mich damals in Bonnieux Dir gegenüber verhalten habe! Ich hoffe, dieses Zerwürfnis wird Dich nicht davon abhalten, zu unserem jährlichen Treffen zu kommen! Es wäre schön, wenn Du es einrichten könntest, vor allem wegen Marie! Wir treffen uns am Samstag, 5. Juli, 15 Uhr, auf dem Parkplatz vor dem Friedhof. Wird Lore auch mitkommen?

Bitte melde dich! Ich hoffe auf eine positive Antwort.

Mit einem Versöhnungsküsschen

Conny

Marie wurde im vorigen Jahr bei einem Verkehrsunfall tödlich verletzt. Ihre Kollegin und Freundin Dominique hatte den Wagen gelenkt, aber nur leichte Verletzungen davongetragen, während Marie, die auf dem Beifahrersitz saß, sich in der ungünstigeren Position befand – das Auto prallte mit seiner rechten Vorderseite gegen einen Alleebaum. Dominique machte sich hinterher schwere Vorwürfe. Eine lange Leidenszeit folgte. Schließlich gelang ihr mit Hilfe einer einfühlsamen Psychotherapeutin die Rückkehr ins Leben.

Paul wollte es Lore, seiner Frau, überlassen, ihn zu dem Treffen zu begleiten. Denn das hätte er sich gewünscht. Doch ihr Chef hatte ihr wegen der momentanen Auftragslage nicht freigeben wollen. Allerdings war sich Paul nicht sicher, ob das nur ein Vorwand war, weil Lore vielleicht die Nähe zu Marie meiden wollte, auch wenn diese nicht mehr am Leben war. »Fahr du nur allein, wir können dann später gemeinsam Urlaub im Süden machen, wenn es dir dort gefallen hat.« Paul wollte nicht weiter nachbohren, denn Marie stellte ein heikles Thema ihrer gemeinsamen Vergangenheit dar. Lore hatte damals sehr unter seiner Beziehung zu Marie gelitten, weil sie ihn doch selbst liebte. Paul in seiner inkonsequenten Art war nicht in der Lage gewesen, sich zwischen diesen beiden Frauen zu entscheiden. Olaf, sein lebenserfahrener Freund, gab ihm des Öfteren den Rat: »Wenn du dich nicht entscheiden kannst, wird das Leben es für dich tun!« Und so geschah es – Marie verunglückte tödlich.

Im Gegensatz zu damals befindet sich Paul heute in bester Urlaubsstimmung. Vor eineinhalb Stunden noch in Berlin-Tegel eingecheckt, erlebt er nun das volle Kontrastprogramm, als er die weitläufige Ankunftshalle verlässt und ihn der heiße Süden mit den Düften seiner prächtigen Flora empfängt. Die Hinweisschilder zu den Car Rentals lassen ihn ins Leere laufen. So muss er sich erkundigen, wo er sein BMW Cabrio in Empfang nehmen kann. Diesen Luxus wollte er sich unbedingt gönnen: mit offenem Verdeck die *Promenade des Anglais* auf- und abfahren – auf der einen Seite das Spalier der vornehmen Hotels, auf der anderen die Palmenallee, welche die Strandpromenade vom Verkehr trennt. Das hatte er sich schon lange gewünscht.

Bevor er losfährt, tippt er die Adresse seines Hotels ins Navi und öffnet das Verdeck. Er genießt den kühlenden Fahrtwind, der die Hitze des Südens etwas mildert. Leider wird er nicht, wie er es erhofft hatte, am Meer entlang geleitet, sondern direkt hinein in das Verkehrschaos der Innenstadt von Nizza. Sein Hotel liegt in der Nähe des Bahnhofs und nicht in der Nähe des Strandes. Auf diesen Kompromiss musste er sich einlassen, um in nächster Umgebung seines Hotels einen Parkplatz finden zu können.

Als Paul vor dem ockerfarbenen, mit reichlich Stuck verzierten Gebäude steht, weist lediglich eine Visitenkarte, die an das Klingelschild geheftet ist, auf dieses Hotel hin. Seltsam! Ein junger Mann verlässt gerade das Haus, während Paul durch das geöffnete schmiedeeiserne Tor schlüpft, ohne geklingelt zu haben. Er nimmt die Treppe zum ersten Stock, dort findet er die gleiche Visitenkarte, an einer Tür, rechter Hand. Er läutet. Sogleich wird er von einem kuscheligen Hund begrüßt, der sich an seinem linken Bein aufrichtet, um gekrault zu werden. Eine schick gekleidete Dame mittleren Alters steht in der Tür und zieht ihren Liebling mit mahnenden Worten von Paul weg. Dann erst begrüßt sie ihn:

»Vous êtes Monsieur Berger?«

»Oui, that's me.«

»Welcome et bienvenu à Nice!«

Sein Zimmer, zu dem ihn die in Rot gekleidete Hotel-
besitzerin führt, ist mit antiken Möbeln geschmackvoll
eingerichtet. Auch Topfpflanzen stehen im Zimmer.
Der Blick vom winzigen Balkon geht hinüber auf die
Geschäfte der anderen Straßenseite, die teilweise von
prächtigen Oleanderbäumen in geradezu überquellen-
der Blüte fast verdeckt werden. In ähnlich architekto-
nischer Fülle wurden die Häuser in diesem Viertel er-
baut. Keine Verzierung, ob an Mauerwerk oder an den
Balkongeländern, war den Architekten zu viel. Man
hatte damals, während der Epoche des Jugendstils,
anscheinend ausreichend finanzielle Mittel zur Verfügung. Dieser Reichtum prägte denn auch den optischen
Charakter dieser Stadt.

Paul wird sich nun bewusst, dass er nicht in einem
Hotel, sondern mehr oder weniger in einer Privatwoh-
nung gelandet ist. Madame, eigentlich eine Lady, denn
sie stammt aus Schottland, hat drei Räume ihrer 5-Zim-
mer-Wohnung als Hotelzimmer eingerichtet – was ihr
offenbar zum Leben reicht. Paul hat noch genügend Zeit
bis zum Abendessen, er will sie für einen Besuch am be-
rühmten Stadtstrand von Nizza nutzen. Doch bevor er
das Hotel verlässt, möchte er noch Lore anrufen und ihr
sagen, dass er gut angekommen ist.

»Hier auch Berger, mit lieben Grüßen von der sonnigen Côte d'Azur. Wie geht es dir?«

»Na ja, geht so. Ich habe eine Menge Arbeit von meinem Chef aufgedrückt bekommen, und dann auch noch

das Wetter, das mich nicht gerade aufbaut. Ich wäre jetzt lieber bei dir!«

»Und ich hätte dich gerne bei mir! Dabei traue ich mich gar nicht dir zu sagen, dass ich gleich an den Strand gehen werde. Für heute Abend habe ich im Internet eine Open Air Milonga gefunden, die nicht allzu weit vom Hotel entfernt liegt.

»Na dann, viel Spaß! Ich muss weitermachen.«

»Arme Lore, mach's gut! Ich liebe dich!«

»Ich liebe dich auch Paul, und beim nächsten Mal lasse ich dich nicht mehr allein gehen!«

Er hätte ein Taxi zum Strand nehmen sollen, denn Parkplätze sind in der Innenstadt Mangelware, ganz besonders in den Seitenstraßen der Promenade. Doch er hat Glück. Ausgerechnet an der Seitenfront des mondänen Hotels Negresco fährt vor ihm ein Auto aus einer Parklücke und macht ihm den Platz frei. Ihm fällt auf, dass die Menschen in Nizza elegant gekleidet und die Autos ein bis zwei Nummern größer sind als in Berlin.

Als er auf seinem Handtuch zwischen all den Badenden Platz nimmt und seinen Blick über den Strand schweifen lässt, wird ihm seine Großstadtblässe erst so richtig bewusst. Neugierig schaut er sich um. Seine Augen verweilen bei den rassigen Französinnen, die ihn an Marie erinnern. Allerdings besaß Marie das schwer zu beschreibende, gewisse Etwas, das er bei den Schönen um sich herum vermisst. Es sind die Augen, der tiefe Blick, der eine interessante Persönlichkeit dahinter erscheinen lässt. Hier am Strand jedoch erscheint ihm vieles so oberflächlich. Nur ein Ausdruck des schönen Scheins? Aber Paul will diese Frauen nicht abwerten, man ist wie man ist, und Marie gab es nur einmal. Diese Feststellung macht ihn traurig und zieht ihn schließlich ins Wasser. Er muss jetzt für ein paar Minuten mit seiner schmerzhaften Erinnerung allein sein.

Erfrischt und losgelöst von Marie kehrt er zu seinem Platz zurück, wo sich zwischenzeitlich eine junge Frau neben seinem Handtuch niedergelassen hat. Da sie ihm keine Beachtung schenkt, kann er sie in aller Ruhe betrachten. Sie unterscheidet sich vom Typ her von den einheimischen Frauen; sie könnte Slawin sein. Ihr Teint ist hell, ihre Nase leicht gebogen und ihre Wangenknochen sind etwas ausgeprägter als hier üblich. Ihr schlanker Hals gleicht dem eines eleganten Gepardenweibchens, das mit knurrendem Magen über die Spitzen der Savannengräser hinweg nach einer schmackhaften Gazelle Ausschau hält. Anfang dreißig ist sie, schätzt er.

Sie legt sich auf den Bauch, ihren Kopf hat sie in seine Richtung gedreht. Er tut es ihr gleich. So begegnen sich ihre Blicke, länger als allgemein üblich. Eine dezente Begegnung zwischen zwei Unbekannten. Dann schließt sie ihre Augen. Als sie sich auf den Rücken dreht und vorher ihren Haarknoten löst, kann er ihr Profil betrachten. Eine Tschechin? Ihr rollendes R würde sie verraten, doch sie spricht nicht. Sie ist nahezu die Einzige unter all den anderen Badegästen, die sich nicht mit ihrem Handy beschäftigt. Paul vergisst in diesen Momenten seine wunderbare Frau Lore. Ist er der sich stets auf der Jagd befindende Single geblieben? Nein, nicht mehr so wie früher, denn Lore macht den Unterschied – deshalb hält sich Paul zurück und spricht diese Frau nicht an. Allerdings ist er, wie so oft, hin- und hergerissen und entscheidet sich für einen Kompromiss. Nachdem er sich umgezogen und sein Handtuch zusammengefaltet hat, verabschiedet er sich mit »au revoir«, während sich ihre Blicke noch einmal begegnen. Doch ihre Lippen bleiben geschlossen, nur ihre Mundwinkel bewegen sich minimal nach oben. Wie gerne hätte er diesen Abend mit dieser reizenden Frau verbracht. Fast traut er sich nicht, diesen Wunsch zu denken und denkt ihn deshalb ganz leise. Ob sie vielleicht auch gerne … ?

Erst als er die Tür seines Cabrios öffnet, kann er sich gedanklich von dieser Frau lösen. Nein, er wird ihr keine Nachricht hinterlassen.

Als Junge kämpfte er jahrelang mit dem belastenden Gedanken: Er werde wohl einiges im Leben verpassen, wenn er sich an eine einzige Frau binden würde. Obwohl seine Lebenserfahrung ihn eines Besseren belehrt, blieb diese Idee in seinem Unterbewusstsein haften und wurde immer dann wiederbelebt, wenn eine bestimmte Situation eintrat.

Kaum hat er den Wagen gestartet, klingelt sein Handy.

»Bist du schon im Meer gewesen?«

»Ja, gerade. Die Temperatur ist genau richtig, du versäumst was.«

»Sind die Frauen hübsch?«

»Welche Frauen?«

»Du Esel!«

»Weißt du, auf diesem Breitengrad sind alle Frauen hübsch. Doch das gewisse Etwas hängt von anderen Koordinaten ab. Zum Beispiel kenne ich da eine zauberhafte Frau, die am Rosenthaler Platz wohnt, die genau das hat!«

»Immer noch Esel, aber danke für die Blumen! Ich muss weitermachen, werde erst spät Feierabend haben. Unser Chef hat uns danach noch ins Maison Blanche eingeladen.«

»Ach schön, ich wäre gerne mit dabei. Weißt du noch?«

»Ja, den Abend werde ich nie vergessen.«

»Du Lore, drei Wörter für dich!«

»Danke Paul, sie haben mein Herz erreicht!«

Dann legte sie auf.

Zum Abendessen geht er zu einem Restaurant in der Nähe seiner Unterkunft. Lamm mit Spinat, die perfekte Zusammenstellung, genau nach seinem Geschmack und deshalb auch sein Leibgericht, das er immer dann bestellt, wenn er einen Inder aufsucht.

Musée d'Art Moderne et d'Art Contemporain, Place Yves Klein. Diese Adresse hatten die Veranstalter angegeben. Auch diesmal hätte er besser ein Taxi nehmen sollen. Runde um Runde muss er drehen, bis er endlich, hinter einem Müllcontainer verborgen, den einzig freien Parkplatz im Viertel findet. Einfacher wär's gewesen, in die Tiefgarage des Museums zu fahren, doch deren Eingang hatte er übersehen.

Paul hatte sich diese Open-Air-Milonga in einer romantischeren Umgebung vorgestellt. Vier klotzige

Türme aus Steinquadern – dort muss er hinein, statt unter Bäumen in einem lauschigen Park zu wandeln. Im Zentrum dieser Türme, durch das der Verkehr fließt, befindet sich nahe der Straße ein weitläufiges Treppenhaus. In kahlen Betonnischen liegen vereinzelt Obdachlose. Grüppchen von Jugendlichen haben sich versammelt. Als Paul die letzten Stufen hinaufsteigt, vermischen sich die Klänge ihrer Musikinstrumente mit der immer lauter werdenden Tangomusik.

Théâtre National de Nice – dieser Schriftzug taucht als erstes über dem oberen Rand der letzten Treppenstufe auf. Während Paul weitergeht, erscheinen nach und nach Köpfe, Schultern, Oberkörper, Beine und schließlich tanzende Menschen. Es ist nicht das gewohnte Bild einer Open-Air-Milonga, das sich ihm zeigt. Eine Fläche von mehreren hundert Quadratmetern liegt vor ihm. Jedes der cirka 10 Tanzpaare könnte 15 Quadratmeter und mehr für sich in Anspruch nehmen. Doch sie scharen sich zu einem Grüppchen zusammen, auch um in akustischer Reichweite der Anlage zu bleiben, die auf einer Betonbrüstung neben einem noch jungen Olivenbäumchen aufgestellt ist. Oben, auf der Tanzebene angekommen, muss sich Paul erst einmal orientieren – eine Situation, die er nicht zum ersten Mal erlebt. Links von ihm befindet sich ein Restaurant, auf dessen Terrasse Tische und Stühle aufgestellt waren. Er hat keine Wahl, nur noch ein freier Tisch steht zur Verfügung. Diesen nimmt er in Beschlag, obwohl er weiß, dass er ihn eigentlich nur braucht, um später dort ein Getränk abzustellen. Er positioniert seinen Stuhl so, dass er alles beobachten und aus dieser Perspektive seine Möglichkeiten zum Tanzen am besten einschätzen kann.

Gerade, als er zu einer Tänzerin asiatischer Herkunft, die allein an einem Tisch sitzt, gehen will, bemerkt er zwei Männer, die an der Mauerbrüstung neben der Anlage lehnen und sich unterhalten – und zwar in deutscher Sprache.

»Und welches Motiv hast du für heute Abend ausgesucht?« Der Fragende deutet auf die Kamera des anderen.

»Vielleicht habe ich Glück und sie kommt heute wieder.«

»Ich bin kein Gedankenleser. Wen meinst du?«

»Du hast doch schon mit ihr getanzt. Diese Rumänin mit der tollen Figur und … «

» … und mit dem rollenden R, das so lustig klingt, wenn sie französisch spricht.«

Paul gesellt sich zu den beiden.

»Darf ich stören? Auf einer französischen Milonga habe ich eher mit Franzosen als mit Deutschen gerechnet. Ich heiße Paul und komme aus Berlin.«

»Ich bin der Alfred, wohnhaft in Ventimiglia.« Alfred mit seinen kurzen grauen Haaren dürfte etwas älter als Paul sein. Er gibt ihm die Hand.

»Frank aus San Remo.« Der kurz angebundene Frank ist der Jüngere der beiden. Sein Markenzeichen: Eine lange blondgelockte Künstlermähne.« Auch er schüttelt Paul die Hand.

»Was hat dich nach Nizza verschlagen?«, fragt Alfred.

»Das ist eine lange Geschichte, die ich jetzt lieber nicht erzählen möchte.«

»Lass mich raten! Die Liebe?«

»Ja, so ist es«, antwortet Paul einsilbig.

»Sie kommt!« Trotz der nicht wenigen Dioptrien, die Franks dicke Brillengläser verraten, hat sein geschultes Fotografenauge das Objekt seiner Begierde als erster entdeckt. Seine stets bereite Profikamera hält er in seiner rechten Hand.

Wie Paul eine Viertelstunde zuvor, sieht sie sich nach einem freien Platz um. Pauls Tisch sieht unbesetzt aus, darunter steht nur eine Tasche, in der sich seine Schuhe befinden. Sie steuert auf diesen zu, an den Männern vorbei, ohne sie zu beachten. Erst als sie sich auf gleicher Höhe mit Paul befindet, erkennt er sie wieder: Seine Nachbarin vom Strand! Fast hätte er sie nicht wiedererkannt, in ihrem eng geschnittenen blauen Kleid und den dazu farblich abgestimmten langen Ohrringen. Ihre dunklen Haare trägt sie seitlich gescheitelt und zu einem Knoten zusammengesteckt. Paul ist unschlüssig, wie er ihr begegnen soll, und entscheidet sich dafür, sie später zum Tanz aufzufordern. Diese junge Frau ahnt nicht, dass sie gerade von Frank fotografiert wird. Ihre Bewegungen sind natürlich und graziös, auch daran zu erkennen, wie sie ihre offenen roten Tangoschuhe anzieht. Ebenso wenig ist ihr in diesem Moment bewusst, dass sie sich gerade in einer der schönsten und ästhetischsten Posen befindet, die eine Frau einnehmen kann. Den Männern hingegen schon, sie betrachten diese Schönheit mit Hochgenuss aus den Augenwinkeln heraus! Für Paul gibt es nur noch eine schönere Pose, nämlich die, welche er an Lore so liebt:

Wenn sie im Tangokleid vor dem Badspiegel steht und ihren Schmuck anlegt.

»Voulez vous danser?«, fragt Paul, nachdem sie ihre Schuhe angezogen und sich zur Tanzfläche hingedreht hat. Und wieder dieser Blick von ihr, als sie antwortet: »Ja, gerne.« Sie sagt das auf Deutsch, also weiß sie, dass er Deutscher ist. Paul hat beim Auffordern nur auf einen günstigen Moment gewartet und nicht darauf, wie weit die Tanda bereits fortgeschritten ist. »Ich bin Paul«, stellt er sich vor, bevor sie zu tanzen beginnen. »Cristina, die Franzosen nennen mich Christine.« Ein neuer Tango wird gespielt. Paul kennt ihn, es ist *Hotel Victoria* von Canaro. Er stellt Cristina auf das richtige Bein, beginnt mit einem Seitschritt und führt sie in den kleinen Grundschritt. Er spürt, dass sie ihm leicht folgen kann und führt sie ins Kreuz. Dieser Tango bietet sich für rhythmisches Gehen an, aber auch für Ochos und Ocho Cortados. Cristina liegt ihm, auch wenn sie nicht unbedingt eine sehr gute Tänzerin ist.

Das ist der letzte Tango der Tanda gewesen, denn die Cortina ertönt. Paul wartet ab, ob sie zu ihrem Platz gehen möchte – doch sie bleibt stehen.

»Ich freue mich, dass wir uns wiedersehen!«

»Es hat so sein sollen. Es gibt keine Zufälle.«

»Lebst du in Nizza?«

»Ja, ich bin im Service tätig. Und du?«

»Ich bin sozusagen auf der Durchreise. Morgen fahre ich weiter in den Luberon.«

»Schade!«

»Ich konnte doch nicht damit rechnen, dass wir

uns kennenlernen. Du sprichst perfekt Deutsch. Wie kommt's?«

»Ich habe die letzten zehn Jahre in Deutschland gelebt. Kennst du den Bodensee?«

»Nein, nicht direkt, aber … « Paul wird unterbrochen, der DJ spielt eine neue Tanda und beginnt mit einem Klassiker, *Desde el Alma,* einem Vals. Cristina legt ihren Kopf an den von Paul, nachdem sie auf *Hotel Victoria* noch offen getanzt hatten. Paul testet sie und führt sie in die Volcada. Doch diese Figur kennt sie nicht – ein lustiges Missverständnis entsteht.

Jede kurze Pause zwischen zwei Tangos nützen sie für ein paar Sätze.

»Woher kommst du?«

»Aus Bukarest. Und du?«

»Aus Berlin.«

Sie tanzen diese Tanda zu Ende, dann gehen sie zurück zu ihrem Tisch. Paul bestellt für sie einen Vin rouge. Während sie mit einem »Santé« anstoßen, nimmt Cristina eine Bewegung auf dem Boden wahr. »Schau mal!« Sie zeigt erschrocken mit ihrem Finger auf etwas kleines Kugeliges mit Schwanz, das unmittelbar vor ihnen über die Terrasse läuft. »Das ist eine Spitzmaus.« »Wie süß!« Auch wenn sie dieses Tierchen aus sicherer Distanz niedlich findet, klammert sie sich sicherheitshalber mit beiden Händen an Pauls Oberarm fest. »C'est Mickey Mouse«, klärt sie der gerade vorbeikommende Kellner lächelnd auf. Das Mäuschen hat also den Status eines Haustieres. Die Sonnenschirme auf der Terrasse sind an hohlen Vierkantrohrgestellen befestigt. In eines der Rohre flüchtet die Maus; zu viel Aufmerksamkeit mag sie offenbar nicht. Ganz im Gegensatz zu Paul – er mag es, von Cristina festgehalten zu werden. Diese löst zwar ihren Griff, als die »Gefahr« vorüber ist, bleibt aber trotzdem in körperlichem Kontakt mit ihm. Eine Haarsträhne hatte sich beim Tanzen gelöst. Sie streicht sie immer wieder mit der Hand aus der Stirn. Eine anmutige Bewegung, die Paul gefällt.

Sie bleiben unzertrennlich an diesem Abend; nur einmal, als sie sich auf die Toilette zurückzieht, gesellt sich Paul zu den beiden Deutschen.

»Jetzt kommt er einmal in seinem Leben hierher und nimmt uns die schönste Frau weg.« Alfred ist nicht wirklich so entrüstet, wie er sich ausdrückt.

»Morgen bin ich schon wieder weg und ihr habt mich los. Ach ja, Frank, bevor ich's vergesse – ich hätte noch gerne Fotos von ihr. Könntest du mir welche zukommen lassen?«

»Klar doch, gib mir deine Mailadresse! Du bekommst sie dann in den nächsten Tagen.«

Paul reicht ihm seine Visitenkarte. Frank schaut ihn überrascht an.

»Du arbeitest in einer Werbeagentur?«

»Ja, warum?«

»Ich bin professioneller Fotograf. Vielleicht könnt ihr einen Freelancer für den Mittelmeerraum brauchen.«

»Ja, kann schon mal vorkommen. Schick mir doch deine Mappe zu!«

»Nein, ich komme vorbei, wenn ich das nächste Mal in Berlin bin.«

»Auch gut, ich würde mich freuen!«

Inzwischen ist Cristina zurück – sie hat sich nicht zu den Männern gesellt, sondern sich an den Tisch gesetzt. Gleich darauf wird sie aufgefordert. Als Paul zur Tanzfläche schaut, sieht er sie tanzen. Auch Alfred verfolgt die Szene. »Auf die musst du gut aufpassen!« Dann fordert er die Asiatin auf. Er tanzt fast jede Tanda, während Frank unermüdlich fotografiert. Paul wiederum nickt einer Frau mit langen brünetten Haaren zu. Diese stellt sich auf der Tanzfläche mit Carol vor. Sie ist aus Nizza, spricht aber auch Englisch. Einmal treffen sich seine Augen mit denen von Cristina. »Bis nachher« signalisieren sie einander.

»Bist du mit dem Auto hier?«, fragt Cristina ihn, als sie wieder beieinandersitzen.

»Ja, kann ich dich nach Hause fahren?«

»Das wäre nett. Tanzen wir noch einmal?«

»Gerne, das wäre unser Abschiedstanz.« Pauls Miene drückt Bedauern aus.

»Ich darf gar nicht daran denken. Komm, lass es uns genießen!«

Die beiden verlassen die Milonga, während eine Tanda im Gange ist. Frank und Alfred tanzen, Paul winkt ihnen zum Abschied zu. »Bis zum nächsten Mal!« formulieren seine Lippen. Sie heben jeweils grüßend ihre rechte Hand.

Pauls und Cristinas Hände finden sich, als sie die Milonga verlassen und die Treppe hinuntergehen. Erneut vermischt sich die Tangomusik mit dem Jazz, der von den Musikern aus der Gruppe der Jugendlichen gespielt wird. Auf dem nächsten Treppenabsatz fragt Cristina: »Hören wir kurz zu?« Die Jugendlichen beachten sie kaum, als sie sich zu ihnen stellen. Zu sehr sind diese mit sich selbst beschäftigt. Sie wiegen ihre Oberkörper zum Rhythmus der Musik. Saxophon, Gitarre, Percussion und eine Melodica sind die Instrumente der vier jungen Musiker. Besonders der akkordeonähnliche Klang der Melodica fasziniert Paul. »Schön!« flüstert Cristina ihm ins Ohr.

Er öffnet das Verdeck des Cabrios, bevor sie losfahren. Da sie selbst nicht Auto fährt, kann sie ihm den Weg zu ihrer Wohnung nicht beschreiben. So nennt sie ihm nur die Adresse, die er in das Navi eingibt. Nach einer Viertelstunde Fahrt durch das verwirrende Straßennetz hält er vor dem Block, in dem sie wohnt. Allerdings muss er in der zweiten Reihe parken. Cristina legt ihre Hände in seine.

»Danke für den schönen Abend!« sagt er, als sie sich in die Augen schauen.

»Sehen wir uns wieder?«

»Ich hoffe es. In einem Jahr bin ich wieder in Nizza.«

»Ob ich dann noch hier bin? Ich weiß es noch nicht.« Traurig legt sie ihre Stirn an die seine, ihre Nasenspitzen berühren sich leicht.

»Wenn wir uns jetzt küssen, wird es noch schlimmer. Versteh' mich bitte!«

»Wie schade, wenn man auf das Schönste verzichten muss! Aber dann tut es auch nicht so weh.«

»Du hast recht! Wann fliegst du zurück?«

»Übermorgen, am frühen Nachmittag.«

»Da muss ich leider arbeiten, sonst hätten wir uns verabschieden können.«

Eine Straßenlaterne beleuchtet diese Abschiedsszene. In deren Schein gibt sie ihm noch ein Küsschen auf den Mund, wendet sich entschlossen von ihm ab und verlässt ihn mit eiligen Schritten. Er schaut ihr nach, doch sie dreht sich nicht mehr nach ihm um. Paul bleibt noch eine Zeitlang sitzen. Er sieht die Lichter, die im Treppenhaus angehen und anbleiben, bis sie in ihrer Wohnung im dritten Stock angelangt ist. Ein Fenster geht auf, Cristina winkt ihm doch noch einmal zu. Jetzt kann er fahren. Sich an den Bahngleisen orientierend findet er seine Unterkunft und ganz in der Nähe sogar einen Parkplatz.

2.

Bonnieux

Das Navi zeigt 222 Kilometer bis Bonnieux, Fahrtzeit 2 Stunden und 54 Minuten. Als Paul den Motor startet, sind seine Gedanken bei Cristina. Auch trägt er noch die Müdigkeit der zu kurz geratenen Nacht in sich. Selbst zwei Tassen Café Noir hatten nicht genügt, um ihn auf Touren zu bringen. Während der ersten Hälfte der Fahrt kann er den Reiz der Landschaft kaum genießen, auch ist die wärmende Morgensonne nicht in der Lage, eine belebende Wirkung auf ihn auszuüben. Ihm ist bewusst, dass das nicht nur an seinem übernächtigten Zustand liegt. Vielmehr spürt er, dass er zu dem heutigen Treffen eigentlich gar nicht kommen wollte, doch er konnte die Einladung nicht ablehnen. Marie, der man heute gemeinsam gedenken will, war seine große Liebe gewesen. Er hatte sehr unter ihrem Tod gelitten und wollte sich dem Schmerz nicht wieder aufs Neue aussetzen. Schließlich hatte er mit Lore einen Weg gefunden, Marie nicht ganz zu vergessen, aber mit ihrem tragischen Ende doch einigermaßen klarzukommen. Die schmerzhafte Aufarbeitung einer Trennung ist nicht gerade seine Stärke, denn er ist der Typ, der, wenn's drauf ankommt, eher auf Verdrängen setzt. Doch was gelebt werden muss, lässt sich nicht verdrängen, so sehr man sich auch dagegen sträuben mag! Deshalb ist Paul nun auf dem Weg nach Bonnieux.

Erst als er St. Maximin hinter sich gelassen hat, öffnen sich nach und nach seine Sinne, deren Aufnahmefähigkeit sich bis jetzt wie hinter einer Milchglasscheibe versteckt gehalten hatte.

Die hügelige provencalische Landschaft schiebt sich in das Sichtfeld seiner Augen, die bislang ausschließlich mit dem Verkehr beschäftigt waren. Paul will anhalten, als sich die nächste Raststätte ankündigt. Die Klimaanlage, die das Wageninnere angenehm kühl gehalten hatte, täuschte ihn über die tatsächliche Außentemperatur hinweg. Und die schlägt ihm jetzt entgegen, als er die Tür öffnet. Mittagszeit in Südfrankreich! Eilig sucht er einen Platz im Schatten. Er streckt sich wie ein Küken, das gerade die einengende Eierschale durchbrochen hat und sich erstmals dem Leben stellt.

Jetzt erst nimmt er wahr, dass er vergessen hatte, das Verdeck seines Cabrios zu öffnen. Gleich will er es nachholen. Der Duft der mediterranen Pflanzenwelt dringt in seine Nase. Hierher muss er unbedingt wieder kommen – mit Lore!

Dieser Gedanke gibt Paul den nötigen Energieschub. Er ist jetzt so weit, dass er sich dem Grab Maries und dem Wiedersehen mit ihren ehemaligen Arbeitskollegen, vor allem Conny, stellen kann. Auf einmal hat er es eilig, er möchte pünktlich ankommen – nicht wie damals, als er die Beerdigung verpasst hatte. Mit Elan steigt er in das Cabrio ein; das Fahren macht ihm von jetzt an Freude! Anfangs hält er sich noch an das Tempolimit von 130 km/h, dann fährt er schneller.

Aix-en-Provence. Paul ist froh, dass er ein Navi zur Verfügung hat. Denn wonach hätte er sich richten sollen, als er die A8 verlässt. Auch wenn sich seine Gedanken mit dem kommenden Ereignis beschäftigen, kann er den Wechsel in der Umgebung links und rechts der Straße wahrnehmen. Der Luberon, in dem Bonnieux liegt, ist zwar Teil der Provence, doch ist der Charakter der Landschaft ein anderer. Schroffe und zerklüftete Kalkfelsen sind Merkmale dieser Gegend. Die nicht wegzudenkenden Pinienwälder haben es hier nicht so einfach, sie müssen sich teilweise in unwirtlichem Gelände behaupten, was sie allerdings auch widerstandsfähiger macht.

Die letzten Kilometer bis zum Zielort kann Paul genießen; die aufsteigende Straße nach Bonnieux ist extrem kurvig, was beiden Spaß macht – ihm und dem Cabrio.

In einer Minute ist er am Ziel. Er erkennt es, weil er schon einmal hier gewesen ist. Zweihundert Meter sind es noch bis zu Maries Grab. Als er die Straße verlässt, rechts um die Ecke biegt und den Parkplatz des Friedhofs erreicht, sieht er mehrere Autos dort stehen. Eines davon trägt das Kennzeichen von Paris, die 75, und ein anderes ein Münchner Kennzeichen. Wie seltsam! Conny und Dominique erkennt er sofort, als er sich dem Grüppchen nähert. In seinem Bauch rumort es vor Nervosität, wie immer, wenn er sich in einer solchen Situation befindet.

Mit »Bonjour Paul, ça va?« begrüßen ihn Maries ehemalige Kollegen, begleitet von Umarmungen und Küsschen. Leider hat er ihre Namen in der Zwischenzeit vergessen, was ihm offensichtlich peinlich ist.

Conny hat sich anfangs im Hintergrund gehalten,

umso mehr lässt sie jetzt ihre Zuneigung ihm gegenüber in die Intensität ihrer Umarmung fließen. Sie mögen sich immer noch sehr, trotz allem, was zwischen ihnen geschehen ist. Eingebettet in die Gruppe von Maries Freunden fühlt sich Paul geschützt, er muss den Weg zu ihrem Grab nicht alleine gehen.

Niemand wird mehr erwartet, so gehen sie andächtig in Richtung Friedhofseingang. Die Gespräche verstummen allmählich, man stellt sich auf Marie ein. Ausnahmslos sind alle traditionell in Schwarz erschienen. Der ehemalige Abteilungsleiter von Maries Büro öffnet das Eingangstor zum unteren Teil des Friedhofs, in dem sich das Grab befindet. Der Friedhof von Bonnieux ist dem Himmel sehr nahe; diesen Eindruck kann man durchaus gewinnen. Die Landschaft liegt unendlich weit ausgebreitet vor dem Betrachter, wenn sein Blick von diesem hochgelegenen Standort über die Friedhofsmauer hinweg in den Luberon schweift. Nur hier an diesem Ort kann Marie begraben sein! Ein himmlischer Frieden liegt über diesem Friedhof. Gräber, geschmückt mit den unverwüstlichen Plastikblumen, Fotos der Verstorbenen, versehen mit liebevollen Erinnerungen an sie, säumen den Weg der Trauergäste ebenso wie die unvermeidlichen Zypressen, die mit ihren spitzen Fingern nach oben zeigen. Dort, wo deren Wurzeln sind, liegen die toten Körper, die Seelen aber blicken nach oben. Dort wartet er, der Gnädige und unendlich Geduldige … Solche Bilder begleiten Paul bei seinem Gang über den Friedhof.

Es ist nicht mehr weit bis zu Maries Grab, das im hinteren Teil des Friedhofs liegt.

Sie sind nicht die einzigen Besucher um diese Zeit. Eine Gruppe von fünf Menschen steht andächtig vor einem Grab. Und welche Überraschung, es ist das Grab von Marie!

»Bonjour!« Man kennt sich nicht, ist irritiert, was tun diese Menschen hier?

»Excusez- moi, nous ne voulons pas intervenir …« Der Akzent hört sich deutsch an, stellt Paul gleich fest.

»Kommen Sie aus Deutschland?« Seine Frage richtet er an alle. Der einzige Mann in der Gruppe antwortet: »Ja, wir sind ein Literaturkreis aus München.«

»Und wie kommt ihr an dieses Grab?«, fragt Paul neugierig.

»Das ist eine längere Geschichte. Aber wir wollen euch jetzt nicht stören. Können wir uns später unterhalten?«

»Ja, gerne! Wir sind in etwa einer Stunde bei Sylvie, dieses Lokal liegt in der Ortsmitte. Fragt euch durch! Ihr werdet es bestimmt finden.«

Mit einem letzten Blick auf das Grab zieht sich die Münchner Gruppe zurück und verabschiedet sich kopfnickend.

Dominique nimmt als erste den freigewordenen Platz vor dem Grab ein. Sie kniet sich nieder und lässt ihren Tränen ungehemmt freien Lauf. Es schüttelt sie und sie bemüht sich, leise zu sein, doch es gelingt ihr nicht. Dominiques emotionale Trauer wirkt ansteckend auf die andern und so manche Augen werden ebenfalls feucht. Man bildet einen Halbkreis um sie und das Grab. Paul möchte bescheiden im Hintergrund bleiben, doch er wird von Maries früheren Arbeitskolleginnen nach vorne geschoben. Sie alle wissen von der großen Liebe zwischen ihm und Marie. Wie oft hatten sie Marie deswegen belächelt!

Andächtig, mit verschränkten Händen, gedenken sie dieser außergewöhnlichen Frau. Pauls Augen füllen sich mit Tränen, seine Brust zieht sich zusammen, ebenso seine Kehle. Auch ein Jahr später möchte er um Marie weinen, aber doch nicht vor allen. Er geht zu Dominique und umarmt sie. Er will sie trösten, obwohl er doch selbst Trost benötigt. Dominique steht auf und schaut Paul in die Augen. Beide können einander nur undeutlich wahrnehmen, ihre Tränenschleier verwischen die Konturen.

»Je ne voulais pas te rendre encore plus triste.«

Währenddessen prüfen einige in der Gruppe, ob Maries Grab in ihrem Sinne gepflegt worden war. Bestellt wurden weiße Kieselsteine, mit denen es bedeckt werden sollte – das sieht schön aus. Auch die Schale in der Mitte des Grabes – wie gewünscht, mit immer frischen, den Jahreszeiten entsprechenden Blumen – macht sich gut. Die Gärtnerei hat ihre Sache gut gemacht. Und auch Sylvie, die sich angeboten hatte, sich regelmäßig um Maries Grab zu kümmern, hat sich viel Mühe gegeben. Die beiden waren in der Schulzeit Klassenkameradinnen.

Dem Brauch entsprechend gehen alle nacheinander vor das Grab, gedenken Marie und verneigen sich. Nur Conny nimmt sie wahr, die beiden Kohlweißlinge, die mit zartem Flügelschlag über das Grab hinwegflattern. Aber alle sehen sie ihn, der ihnen ein Lächeln auf ihre Gesichter zaubert – den Sperling, der auf Maries Grabstein sitzt und mit seinem nickenden Köpfchen piepst, als hätte ihm Marie folgendes aufgetragen: »Hallo ihr Lieben, schön, dass ihr gekommen seid! Es geht mir gut – ich liebe Euch!«

Selbst Dominiques Mundwinkel bewegen sich etwas nach oben. Wie wenn nach dem Regen die Sonne scheint, spannt ein imaginärer Regenbogen sein Farbspektrum über sie.

Die Pariser Trauergäste bekommen allmählich Hunger. Sie hatten auf das Mittagessen verzichtet, um rechtzeitig da zu sein. Sylvie hat ihnen für den Nachmittag ein Menü zusammengestellt. Nun sitzen alle an mehreren zusammengestellten Tischen unter einer schattenspendenden Kastanie im idyllischen Gartenlokal. Nicht ganz unbeabsichtigt hat sich Paul zwischen Conny und Dominique gesetzt. Bevor sie mit dem Menü beginnen, das ihnen Sylvie serviert, steht der Abteilungsleiter auf, um eine Rede zu halten. Conny flüstert Paul die Übersetzung ins Ohr, was er als äußerst angenehm empfindet. Ihre Lippen, die er so oft leidenschaftlich geküsst hat, drücken sich – mal mehr, mal weniger – sanft gegen seine Ohrmuschel. Ihre linke Hand liegt dabei auf seiner rechten Schulter. Wenn er jetzt die Wahl hätte, würde er sich mit ihr in sein Hotelzimmer mit Blick über den Luberon beziehungsweise mit lüsternem Blick auf ihre tolle Figur zurückziehen. Doch diese Möglichkeit besteht nicht. Hinsichtlich Lore hat das sein Gutes, er will die Fehler der Vergangenheit nicht wiederholen.

Gaston, so heißt der Abteilungsleiter, ist nicht gerade ein begnadeter Redner, aber auch kein schlechter. Ein Schauspieler ist an ihm verloren gegangen. Jedenfalls macht ihm das freie Reden Spaß. Und was keiner so genau weiß, die meisten jedoch vermuten, er bereitet sich jedes Mal akribisch auf seine Reden vor. Dafür nutzt er jede Gelegenheit, die sich ihm bietet – so auch heute. Er, der an der Stirnseite des Tisches sitzt, erhebt sich und bittet mit einem leichten Schlag seines Dessert-Löffelchens gegen das Weinglas um Aufmerksamkeit.

»Meine Lieben! Wir alle sind heute nach Bonnieux gereist, um Marie Augiers Grab zu besuchen und ihrer zu gedenken. Unsere Marie, und darin besteht nicht der geringste Zweifel, ist ein wundervoller Mensch gewesen. Wir werden sie immer in unserer Erinnerung und in unserem Herzen bewahren. Selbst Monsieur Paul ist aus dem fernen Berlin angereist, was wir ihm hoch anrechnen. Ich möchte es mal so sagen: Er ist jetzt einer von uns. Wenn das Unglück nicht geschehen wäre, würde er jetzt in Paris leben und Marie würde Madame Berger heißen. Doch es hat nicht sein sollen. Nur Gott weiß warum, wir Menschen wissen es nicht. Soyez bienvenu, Monsieur Paul!«

Monsieur Gaston nimmt sein Weinglas in die Hand. Paul steht auf und erhebt sein Glas ebenfalls. Sie sind zu weit voneinander entfernt, um anstoßen zu können. »Merci Gaston, je suis honoré.« Immerhin – so viel Französisch beherrscht Paul dann doch. Damit sind die beiden nun per Du, was in der Folge auch für die anderen gilt, die Paul bislang gesiezt hatten.

»Ich möchte jetzt zum Ende meiner Rede kommen, denn ich höre schon eure Mägen knurren. Was haltet ihr davon, wenn wir uns weiterhin jedes Jahr in Bonnieux treffen? Wenn es jemand verdient hat, dass wir die weite Reise in den Süden unternehmen, dann unsere Marie! Und, was ist, seid ihr einverstanden?« Alle nicken. »Dann wünsche ich einen guten Appetit. Merci!«

Gaston hat seine Sache gut gemacht und setzt sich. Mit dem Ende der Rede rückt Conny von Paul ab, was dieser ein wenig bedauert. Die Bewegungen ihrer Lippen hatten ihn am Ohr gekitzelt und ihm das Zuhören teilweise nicht leicht gemacht. Er vermutet, diese Nähe könnte auch ein Ausdruck ihrer Zuneigung sein. Doch das will er erst mal so stehen lassen. Jedenfalls wird er Conny gegenüber aufmerksam bleiben.

Sylvie hat an diesem Nachmittag viel zu tun. Das kleine Gartenlokal ist malerisch gelegen. Auf der einen Seite die teilweise unverputzten Hauswände, auf der anderen der Ausblick in die weite Landschaft des Luberon. Nur der voll belegte Parkplatz passt nicht ins Bild.

Inzwischen waren auch die Münchner eingetroffen. Am Nebentisch gibt es gerade noch Platz für sie. Paul, der mit dem Rücken zu ihnen sitzt, dreht sich um und sagt ihnen, dass sie nach dem Essen miteinander reden können.

Dominique, im letzten Jahr noch pummelig, hatte durch ihre Krise nach dem Unfall abgenommen. Jetzt ist sie nicht mehr die graue Maus, die stets im Schatten von Marie stand. Conny wiederum ist immer noch so attraktiv wie bei der letzten Begegnung mit Paul, die genau an dieser Stelle stattfand. Er ist erleichtert, dass sie sich wieder vertragen, nachdem sie sich damals mit einer unschönen Szene verabschiedet hatten. So wie vorhin ihre Lippen sein Ohr berührt haben, ist es jetzt ihre Schulter, die den körperlichen Kontakt zu Paul sucht. Und er weicht nicht aus, ganz im Gegenteil. Nachdem sie im letzten Jahr eine Beziehung miteinander hatten – für Paul zu dieser Zeit nicht die einzige, sind sie inzwischen beide mit anderen Partnern liiert, was sie entspannt miteinander umgehen lässt.

»Wirst du über Nacht bleiben?«, fragt Paul neugierig.

»Ja, ich habe uns Zimmer gebucht. Ist es dir recht?«

»Sehr! Ich möchte heute nicht mehr nach Nizza zurückfahren. In welchem Hotel hast du gebucht?«

»Es liegt an der Straße zum Friedhof. Das mit dem Panoramablick.«

»Ich freue mich auf den Abend mit dir!«

»Ich mich auch, aber meine nur nicht … « Conny hebt ihren Zeigefinger vor sein Gesicht, den sie warnend nach links und rechts bewegt, so wie vor langer Zeit sein Vater, erinnert sich Paul. Doch dieser lächelte dabei nicht.

»Entschuldige bitte! Ich werde mich jetzt mal um die Münchner kümmern.«

»Ich heiße Paul und bin aus Berlin.«

»Wir Bayern sind nicht mehr so wie früher, auch Preußen sind inzwischen an unserem Tisch willkommen!« Rosi, der Paul gefällt, will ihn gleich umgarnen.

»Allerdings ein Preuße mit schwäbischen Wurzeln. Wird das auch noch akzeptiert?«

»Na, da haben Sie ja was gemeinsam mit unserem Hans.« Jener übernimmt eilig das Wort, denn er weiß, wie es weitergeht, wenn er Rosi die Regie überlässt.

»Darf ich uns vorstellen? Neben mir sitzt Karin, daneben Susanne, unsere Jüngste, die einzige von uns, die des Französischen mächtig ist. Die Rosi haben Sie ja bereits kennengelernt. Und nicht zuletzt gibt es da auch noch die Mechthild, der wir indirekt diese Reise zu verdanken haben.«

»Ich werde immer neugieriger und frage mich, was ein deutscher Literaturkreis auf einem südfranzösischen Friedhof zu suchen hat. Dabei kann ich mir nur eines vorstellen, dass das Ganze mit einem Roman zusammenhängt.« Alle nicken und Karin klärt Paul auf.

»Sie haben recht. Mechthild hat uns einen Roman vorgeschlagen, den wir uns alle besorgt und gelesen haben. Diese Geschichte hat uns so nachhaltig beschäftigt, dass wir den einzelnen Stationen der Handlung unbedingt nachreisen wollten.« Karin streicht sich eine Strähne aus dem Gesicht. Sie ist hübsch, stellt Paul fest. Ob sie was mit dem Hans hat? Die beiden sitzen auffällig nah beieinander.

»Wie heißt der Roman?«, fragt Paul.

»Das Lavendelzimmer. Die Autorin heißt Nina George.«

»Und die Handlung spielt in Bonnieux?«

Nun meldet sich auch Mechthild zu Wort; währenddessen hört Susanne zumindest mit einem Ohr den Gesprächen am Nebentisch zu.

»Es geht um eine Liebesgeschichte zwischen dem Pariser Buchhändler Jean Perdu und Manon, die aus Bonnieux stammt. Ganz kurz nur, Manon stirbt leider viel zu früh an Krebs und wird in ihrem Heimatort begraben. Wir haben die Stationen dieses Buches besucht, die in Paris beginnen und hier enden. Leider sind manche Angaben fiktiv, sodass wir die betreffenden Orte nicht finden konnten.«

»Wie sind Sie dann an das Grab von Marie Augier gekommen, wenn Manons Grab nicht wirklich existiert?«

»Nun, in dem Buch wird schon beschrieben, wo ungefähr das Grab auf diesem Friedhof liegt. Dann haben wir eben ein passendes Grab gesucht und auch gefunden.«

»Welchen Bezug haben Sie zu Marie Augier?«, hakt Hans nach.

»Marie ist meine große Liebe gewesen. Wir wollten zusammenziehen, doch vorher geschah dieser schreckliche Unfall.« Dieses Gespräch geht Paul nahe, er spürt Beklemmungen in Brust und Kehle.

»Das tut uns sehr leid. Hat Ihre Freundin auch in Paris gelebt?« Paul muss sich räuspern, bevor er antworten kann.

»Ja, sie stammt von hier.« Jetzt wird es still am Tisch. Doch Rosi erträgt die Stille nicht und meint:

»Welch eine Ähnlichkeit zwischen Fiktion und Wirklichkeit!«

»Wenn Sie alte Wunden nicht aufreißen wollen, würde ich Ihnen raten, diesen Roman nicht zu lesen«, mischt sich Hans an dieser Stelle ein.

»Danke. Ich sollte mich jetzt wieder um Maries Arbeitskollegen kümmern, sie sind extra aus Paris angereist.

Vielleicht haben wir später noch Gelegenheit … « Doch Paul wird unterbrochen.

»Übernachten sie hier?«, fragt ihn Karin.

»Ja, Conny hat uns Zimmer für heute Nacht reserviert. Auch sie fährt erst morgen zurück.«

»In welchem Hotel?«

»Ich kenne den Namen nicht, aber es liegt an der Straße zum Friedhof, gleich hinter der Ampel.«

»Dann wohnen wir ja im selben Hotel.« Karin wischt sich mit einer für sie typisch graziösen Bewegung eine Strähne aus der Stirn. Kann es sein, dass sie sich freut?

Conny übernimmt Pauls freigewordenen Stuhl und Susanne folgt ihm an den Pariser Tisch. Sie möchte sich gerne mit Dominique unterhalten, die ihr sympathisch und auch im selben Alter ist.

Nach dem Dessert wird noch Espresso bestellt. Erst nach und nach nehmen die Pariser ihr Umfeld wahr und fragen sich, was haben diese Deutschen mit dem Grab von Marie zu tun. Man dreht sich immer wieder zu ihnen hin und Gaston überlegt, ob sie sich nicht zusammen an einen Tisch setzen sollen. Er spricht mit Sylvie und diese stimmt dem Vorschlag zu. Er steht auf und gerne nutzt er die Gelegenheit, eine Rede zu halten, doch diesmal ohne Konzept.

»Liebe Gäste aus Deutschland, wir haben, wie Sie auch, am selben Tag an Maries Grab gestanden. Wir wissen nicht, ob Sie sie gekannt haben und was Sie bewegt hat, hierher zu kommen. Doch wir Franzosen sind nicht nur neugierige, sondern auch gesellige Menschen. Bitte kommen Sie doch an unseren Tisch!«

Conny hat Gastons Worte simultan übersetzt. Sie wird nachher noch genug zu tun haben, denn inzwischen kennt auch sie die Geschichte um den Roman »Das Lavendelzimmer«. Die Franzosen hängen an ihren Lippen, als sie ihnen die Geschichte von Manon und Jean erzählt. Verwundert über die Ähnlichkeit der Schicksale der beiden Frauen schütteln manche ungläubig den Kopf. Dazu kommt noch, dass sie die Strecke Paris-Bonnieux selbst gefahren sind. Fast könnte man meinen, diese Geschichte hätte inzwischen die Fiktion verlassen und Einzug in die Wirklichkeit gehalten. Manche fragen, ob es das Buch auch in französischer Übersetzung gibt. Die Münchner wissen es nicht. So schaut Gaston auf seinem Smartphone nach und stöhnt frustriert: »Ein Roman, der in Frankreich spielt, wird in Deutsch geschrieben und ins Englische übertragen. Das verstehe ich nicht!«

»Wie heißt der Roman auf Englisch?«, wird gefragt.

»The little Paris Bookshop«. Gaston ist nicht so sehr des Englischen mächtig; deshalb hört es sich lustig an, als er den englischen Titel wie ein ABC-Schütze vorliest.

Jetzt wird es lebendig am Tisch. Diskussionen um dieses Buch sind im Gange. Die Franzosen wollen mehr darüber erfahren, wo Jean Perdus schwimmende Bücherapotheke ihren Ankerplatz in der Seine hatte, wie die Straße heißt, in der er gewohnt hatte, die genaue Route von Paris nach Bonnieux und die beschriebenen Örtlichkeiten hier in Bonnieux. Fragende Mimik auf französischer Seite, häufiges Schulterzucken auf der deutschen. Am Tisch herrscht ein babylonisches Sprachengewirr. Hans hat das Buch dabei und versucht, Antworten zu finden. Sylvie wird zu Einzelheiten befragt, doch sie zuckt nur mit den Schultern und schüttelt den Kopf: »Non, je ne sais pas.«

Darüber wurde Marie fast vergessen. Nur von Conny und Paul nicht. Als sich zufällig ihre Blicke treffen, bemerken sie es. In der Tiefe ihrer Augen können sie es lesen: Marie ist hier, mitten unter ihnen, in ihren Herzen. Der Roman, über den diskutiert wird, bleibt an der Oberfläche.

»Wirst du sie morgen früh noch einmal besuchen?«

Paul nickt. Er ist ruhig geworden, in sich gekehrt. Gerne würde er sich zurückziehen, einen Spaziergang machen – die Treppen hinauf zum Friedhof. Aber erst morgen früh wird er, bevor er nach Nizza zurückfährt, mit ihr allein sein können. Doch jetzt fühlt er sich erst mal der Gemeinschaft mit diesen sympathischen Menschen verpflichtet. Ich habe keine Wahl, denkt er sich und kriecht heraus aus seinem imaginären Schneckenhaus.

Ein Lieferwagen mit offener Pritsche fährt vor, er hat den letzten freien Parkplatz ergattert. Der Fahrer geht um den Wagen herum, um einen größeren, schweren Gegenstand vom Beifahrersitz zu nehmen. Es ist ein Akkordeon. Bitte komm zu uns, wünscht sich Paul, der ihn beobachtet.

Und seine Bitte wird erhört. Der junge Mann kommt, das Akkordeon geschultert, auf sie zu. Zielstrebig geht er durch den Garten, an ihnen vorbei, in das Lokal hinein.

Eine Viertelstunde später hören sie ein wunderschönes Lied, auf dem Akkordeon in getragener Weise vorgespielt. Sylvie steht in der Tür. »Kommt doch bitte herein, er spielt für euch!«

Die Tische, die sie drinnen ebenfalls zusammengestellt hatte, sind bereits für Kaffee und Kuchen gedeckt. Und wieder entsteht eine neue Sitzkonstellation, zufällig, zum Teil aber auch beabsichtigt. Karin sitzt zwischen Hans, den sie sehr mag, und Paul, der sie neugierig macht. Susanne und Dominique bleiben treu beieinander, sie könnten beste Freundinnen sein oder möglicherweise noch werden. Gaston hat Conny den Platz neben sich angeboten, sie ist zur Übersetzerin der Gruppe geworden. Rosi und Mechthild sitzen bei den Franzosen, mit denen sie auf Englisch kommunizieren können. So hat sich eine inoffizielle Städtepartnerschaft zwischen Paris und München ergeben, während der junge Mann mit seinem reichhaltigen französischen Akkordeon-Repertoire die Gäste unterhält und dadurch eine ganz besondere Atmosphäre schafft. Es ist eine Musik, die eine Stimmung entstehen lässt, als wolle man die ganze Welt umarmen. Hans ist hin und weg, denn er ist in einer Stadt aufgewachsen, in der Akkordeons gebaut werden. Diese, aber auch Mundharmonikas, waren die bevorzugten Instrumente, die während seiner Kindheit in der Schule unterrichtet wurden. Doch das, was er jetzt zu hören bekommt, hat mehr Seele, mehr Herz. Die Münchner hätten diese Musik hören sollen, als sie das Lavendelzimmer gelesen haben. Denn sie trägt Manon und Jean in sich, Bilder von der Auvergne mit ihrer weiten Hügellandschaft kommen in den Sinn – Gefühle pur, ganz besonders dann, wenn der junge Mann die dreitaktigen »Amelie« Stücke spielt. Hans ist hingerissen, auch die andern lassen sich verzaubern. Er ist auch der erste, der das Stück, das jetzt angespielt wird, als Tango erkennt. Ebenso Paul, der in diesem Moment einen fragenden Blick auf Conny wirft: »Kannst du inzwischen Tango tanzen?« Conny schüttelt den Kopf: »Leider nicht.« Doch sie steht auf und fragt die Gruppe nacheinander in zwei Sprachen: »Kann jemand von euch Tango tanzen?« Zwei Arme werden nach oben gestreckt, es sind die von Hans und Paul. Alle lachen. »Jetzt müsst ihr beide miteinander tanzen!« Rosi hat wieder einmal die Superidee. Die beiden Männer schauen sich erstaunt an, die Franzosen beginnen begeistert im Rhythmus zu klatschen: »Dansez, dansez, dansez … «.

Der Tango, der dies ausgelöst hat, ist inzwischen ausgeklungen. Der junge Mann freut sich über die begeisterte Resonanz und überlegt, ob er noch einen in seinem Repertoire hat. Während sich Hans und Paul über ihre Tangoerfahrung austauschen, schieben Gaston und Rosi eifrig ein paar Tische zur Seite. Als der Musiker sieht, dass der Platz vorhanden ist und die Tänzer bereit sind, beginnt er zu spielen. Es ist ein Tango, den keiner kennt, der noch nie auf einer Milonga gespielt wurde. Und doch hat er alles, was die beiden Tänzer benötigen: Rhythmus, Melodie, Sehnsucht – genau das, was Hans bereits erkannt hat. Nun muss einer von beiden die Rolle der Tanguera einnehmen. Hans hat sich dazu bereiterklärt, denn er hat das Talent dazu, sich führen zu lassen. Also bietet er Paul seine rechte Hand an. Paul nimmt sie, sie zögern kurz, denn beide tanzen üblicherweise in der geschlossenen Haltung und … tun es auch jetzt, Wange an Wange. Wie bei jeder neuen Tanzpartnerin stimmt sich Paul auch auf Hans ein.

Ein Tangotänzer hat es bekanntlich nicht leicht. Er hat sich auf die Partnerin einzustellen, muss den Raum, die anderen Paare stets im Blickfeld behalten und der Tanzrichtung entgegen dem Uhrzeigersinn folgen. Und das alles, während er aus Rhythmus und Melodie heraus seine improvisierten Schritte gestaltet. Meist braucht es mindestens einen Tango, um sich zu finden. Diese beiden Männer haben sich sofort gefunden, sie sind erfahren genug.

Die französische Seele dieses Tangos lässt niemanden der Anwesenden unberührt, es ist still geworden. Erst das gemeinsame Grab und nun diese Musik, ob Tango oder Vals', sie verbindet, und noch mehr, diese Musik ist Magie. Diesen Zauber verspüren auch die beiden Tänzer, der sie vereint. Paul verzichtet in seiner Führung auf komplizierte Schritte. Dazu noch, er fühlt sich hineingezogen in diese Klangwelt, die dieser junge Mann seinem Akkordeon entlockt, und ergibt sich der Führung der Musik. Auch Hans, das spürt er deutlich, ist integriert. Zum allerersten Mal erleben sie diese gewaltige Größe einer Tangomusik, deren Teil sie nun geworden sind. Sie hat eine Größe, der sie sich, sie können nicht anders, unterordnen – und nicht nur sie, alle in diesem Raum stehen unter diesem Bann. Niemand und nicht einmal Rosi klatscht, als der letzte Takt verklungen ist.

»Tango pour Claude de Richard Galliano.« Endlich gibt der Musiker sein Geheimnis preis.

»Jouez-vous aussi Les Forains?«, fragt ihn Paul, der weitertanzen möchte. Diesen Walzer hatte er am ersten Abend in einer Metrostation mit Marie getanzt, als sie sich kennengelernt hatten. Der junge Mann nickt und spielt die ersten weitläufig getragenen Akkorde an, aus denen heraus sich eine wunderschöne Melodie entwickelt. Als sie schließlich erklingt, nehmen die beiden Tänzer wieder ihre Tanzhaltung ein. Hans spürt, dass sich etwas verändert hat, weiß jedoch nicht, dass Paul in seiner Erinnerung mit Marie diesen Vals tanzt. Er tut ihm trotzdem den Gefallen und spielt unbewusst Maries Rolle, auch weil er vermutet, Pauls inniger Tanz wird seine Gründe haben. Nach den auf- und absteigenden Melodienbögen im Dreivierteltakt, die die Herzen aller Anwesenden berühren, sagt Paul zu Hans:

»Sorry, ich habe mit Marie getanzt.«

»Ist schon in Ordnung, ich habe es geahnt.«

Nach ein paar Sekunden des Innehaltens brandet Beifall auf. »Bravo, bravo!« Die Franzosen betonen die zweite, die Deutschen die erste Silbe. Hans und Paul verneigen sich vor ihrem Publikum und nehmen wieder ihre Plätze ein. Man unterhält sich über das Tangotanzen. Beide Tänzer werden mit Fragen überhäuft, die Frauen möchten am liebsten gleich mit Tangounterricht beginnen. Kaum hat der Akkordeonist sein Repertoire auf die aktuelle Stimmung eingestellt, bereitet auch schon Gaston dem lebhaften Miteinander ein jähes Ende.

»Liebe Freunde, wir alle meinen immer, dass die Vernunft nur Vorteile hat. Doch das ist nicht immer der Fall, denn sie kann auch grausam sein. Ihr ahnt sicher, worauf ich hinaus will. Es ist Zeit, dass wir nach Paris zurückfahren. Wir haben das Grab unserer lieben Marie besucht, wir haben diese netten Deutschen kennengelernt und die überraschende Erfahrung gemacht, dass auch sie tanzen können! Vielleicht lesen sie wieder einmal ein Buch, das sie nach Paris führen wird. Dann wären sie unsere willkommenen Gäste! Merci et au revoir!«

Für seine Rede erntet Gaston viel Applaus, aber auch bedauernde Kommentare. Allgemeine Aufbruchstimmung entsteht. Der Fahrer des Kleinbusses hat sich inzwischen zu ihnen gesetzt und Sylvie kommt mit Kassenbelegen und Kellnerbörse an ihren Tisch. Gaston winkt sie zu sich. Er erledigt das, denn die Abteilungskasse wird die Rechnung für alle übernehmen.

Nun hält Hans es für angebracht, auch eine Rede zu halten. Er steht auf.

»Mes chers amis, ich möchte mich für Ihre herzliche Gastfreundschaft bedanken! Deutsche sind anders als Franzosen. Aus diesem Grund reisen sie auch so gerne nach Frankreich, um die hiesige Kultur kennenzulernen. Wir können vieles, doch dieses Savoir-vivre, nämlich die französische Lebensart, ist uns fremd. Wenn wir Deutsche uns über Kleinigkeiten aufregen, sagen die Franzosen einfach nur oh, là, là. Doch auch in Frankreich müssen Menschen sterben, wie unsere Manon und eure Marie. Durch sie haben wir einander kennengelernt, mögen sie sich im Himmel begegnen und mögen wir uns, die noch am Leben sind, auch wieder begegnen! Merci et au revoir!«

Hans hat während seiner Rede immer wieder innegehalten, einerseits um zu überlegen, andererseits um Conny die Zeit zum Übersetzen zu lassen. Die Pariser sind fast schon am Aufbrechen, deshalb stehen manche schon. So erhält Hans für seine Rede im wahrsten Sinne des Wortes Standing Ovations. Die zurückbleibenden Münchner, ebenso Conny und Paul, begleiten die Abreisenden bis auf den Parkplatz. Der Akkordeonist folgt ihnen, sie nehmen ihn in ihre Mitte. »Aloa he«, dieses allseits bekannte Abschiedslied, begleitet ihr Winken, bis der Bus hupend, wie in einer Filmszene, um die Ecke in einer schmalen Gasse verschwunden ist.

Nun stehen sie da, die übriggebliebenen Deutschen. Der Akkordeonist verabschiedet sich, nicht ohne reichlich Trinkgeld erhalten zu haben. Sie bedanken sich noch bei Sylvie für diesen gelungenen Nachmittag. Dann ziehen sie sich, miteinander den Weg bergauf gehend, gemeinsam in das Hotel zurück – zufälligerweise haben sie alle dasselbe gebucht. Gegen acht wollen sie sich auf der überdachten Terrasse zum Abendessen treffen.

Paul und Conny sind schnell mit der Literaturgruppe warm geworden, als ob sie schon immer dazugehört hätten. Die Münchner möchten mehr über das kurze gemeinsame Leben von Paul und Marie erfahren. Im Gegenzug wollen sie noch mehr über den Roman erzählen, der sie hierher geführt hat.

Das Handy von Hans meldet sich mit einem Signalton. Eine SMS von seiner Frau. Er lehnt sich zurück, um die Nachricht ungestört lesen zu können.

Mein Lieber, du fehlst mir! Vermisst du mich auch ein bisschen? Ich habe das Lavendelzimmer gelesen, um dich auf deiner Reise zu begleiten. Habt ihr das Grab von Manon gefunden? Fahrt ihr zurück, wenn ihr in Sanary-sur-Mer gewesen seid? Max ist in den letzten Tagen sehr lebhaft und tritt mich. Hat er das von dir oder von mir? Ich fühle mich mit ihm alleingelassen und sehne mich nach meinem Mann! Bitte komm bald zurück, ich brauche dich!
   Deine dich liebende Franzi

Hans ist gerührt. Er hat bereits die Fünfzig überschritten und wird zum ersten Mal Vater. Mit dieser Reise ohne seine hübsche junge Frau hat sich der überzeugte Junggeselle, der immer noch in ihm steckt, durchgesetzt. Doch nach dieser SMS fragt er sich, ob er richtig gehandelt hat. Er will Franzi gleich antworten, um sein aufkommendes schlechtes Gewissen zu beruhigen.

Meine liebe Franzi,
   warum kann man nicht an zwei Orten gleichzeitig sein? Wenn ich mich doch nur zweiteilen könnte. Ein Teil von mir möchte hier bei den netten Menschen sein, der andere bei dir und Max. Ich stelle mir vor, du würdest ein Gute-Nacht-Lied singen und ich meine Hände auf deinen Bauch legen. Das werden wir in ein paar Tagen nachholen, versprochen! Übermorgen fahren wir von Sanary aus zurück.

Manons Grab haben wir gefunden, aber eigentlich ist es das Grab von Marie. Eine lange Geschichte, die ich dir bald erzählen werde. Ja, ich vermisse dich auch, der ehemalige Junggeselle hat es endlich kapiert, was er jahrzehntelang verpasst hat – dich!

Ich liebe dich auch!

Dein Hans

Während sich die andern weiterhin lebhaft unterhalten, geht Hans in sich. Er würde jetzt gerne allein sein und mit Franzi telefonieren. Die sensible Karin, die neben ihm sitzt, spürt das als Einzige. Für einen kurzen Moment nimmt sie seine Hand und drückt sie.

Die einsetzende Abenddämmerung legt sich mit seinen von Osten herannahenden Schatten nicht nur über die Landschaft, die unter ihnen liegt, sondern auch auf ihre Stimmung. Die Gespräche in der Gruppe verstummen, während die Dunkelheit immer mehr Raum einnimmt, dem satten Ockergrün die Farbe entzieht und diese auf die in der Abendsonne erstrahlten Hügel mit dem Örtchen Lacoste in Leuchtfarben projiziert. Nur noch der obere Teil der Wolkengebilde wird von der untergehenden Sonne beschienen, bis sich dann die Erde von ihr wegdreht.

Paul kommen Erinnerungen, wie er einmal einen Sonnenuntergang auf Ibiza erlebt hat – auf dem Felsenufer vor dem Café del Mar sitzend, dem Westen zugewandt, in gewaltige Klänge der hauseigenen Musik eingehüllt. Hans drängen sich innere Bilder von Goa auf, als er das allabendliche Ritual mit vielen anderen Menschen am

Strand von Calangute teilte, um die tagsüber so gnadenlos brennende Sonne zu verabschieden.

Doch er verdrängt schnell diese Bilder aus der Vergangenheit, auch die mit Franzi in ihrer gemeinsamen Wohnung in der Häberlstraße. Nach und nach kehrt er wieder in die Runde zurück.

»Fahrt ihr morgen auch weiter?«, fragt Conny in die Runde.

»Ja, wir fahren nach Sanary ans Meer. Dort hatte sich Jean Perdu eine Zeitlang aufgehalten. Mit Cathérine aus Paris, seiner neuen Liebe, machte er sich dann noch einmal auf den Weg nach Bonnieux – diesmal, um sich endgültig mit dem Tod Manons auseinanderzusetzen.« Mechthild hätte gerne weitererzählt, doch es entsteht eine allgemeine Aufbruchstimmung. Rosi und Susanne entschuldigen sich, sie seien müde, ihr Tag wäre doch sehr ereignisreich gewesen. Den andern ist das recht, sie schließen sich den beiden an.

»Ich werde mir das Buch kaufen«, meint Conny. »Sehen wir uns beim Frühstück?«

»Gerne, wann?«

»Um halb neun?«

Nachdem sie sich auf dem Flur voneinander verabschiedet haben, zieht sich jeder auf sein Zimmer zurück. Hans lässt sich auf sein Bett fallen. Die Ereignisse des Tages vermischen sich mit Gedanken an Franzi. Er will sie nachher anrufen.

Als er eine Stunde später die Vorwahl von Deutschland und München gerade in sein Handy eingibt, klopft es an der Tür. »Ja!« »Störe ich?« Karin steht in der Tür mit einer Flasche Wein in der Hand. »Nein, komm herein!« Hans legt das Handy beiseite und setzt sich auf. »Hast du Gläser? Ich habe einen Flaschenöffner mitgebracht. Die französischen Weinflaschen haben ja keine Schraubverschlüsse.« »Wenn dir Zahnputzgläser genügen?« Während Karin die Flasche öffnet, holt Hans die Gläser aus dem Bad. Sie schenkt ein. »Setz dich doch!« Er klopft mit der linken Hand neben sich auf die Matratze. Das ist der einzige Sitzplatz im Zimmer, den er ihr anbieten kann. Für Stühle hat es in diesem preisgünstigen Hotel offenbar nicht gereicht.

»Santé!« Sie stoßen an und schauen sich dabei in die Augen. Ihre Blicke sprechen Bände! *Ich möchte heute Nacht bei dir bleiben* liest Hans in Karins Gesichtsausdruck. Sie mögen sich und gefallen einander. Doch er ist gespalten. Er liebt seine Frau sehr, aber Karin gefällt ihm, sie ist sein Typ. Wäre Franzi nicht in sein Leben getreten, wäre Karin vermutlich seine Lebenspartnerin geworden. Er kämpft mit sich, doch dann signalisiert sein Blick ein klares *Ja, bleib!*

Statt mit Worten, die in dieser, zumindest für ihn pikanten Situation nicht angebracht wären, zeigen sich die beiden durch Berührungen ihre gegenseitige Zuneigung. Sie stellen ihre Gläser am Boden ab und lassen sich rücklings auf das Bett fallen. In diesem Moment klopft es an der Tür.

Schlagartig sitzen beide wie unschuldige Kinder nebeneinander auf dem Bett, ihre Gläser in der Hand. »Herein!«, ruft Hans.

Die Tür geht auf. »Stören wir?«, fragen Paul und Conny gleichzeitig. Sie sind sich der Peinlichkeit der Situation bewusst, doch jetzt ist es zu spät für einen Rückzug. Beide halten je eine Flasche Wein in den Händen. Sie zögern einzutreten, die Intimität zwischen Hans und Karin erscheint doch sehr eindeutig. »Kommt doch herein!« Hans und Karin stehen auf. »The later in the evening the more beautiful the guests!" Mit diesem ausgeleierten Spruch versucht Hans die Lage etwas zu entkrampfen.

»Danke für die Blumen!«, zeigt sich Conny geschmeichelt.

»Wie ich feststelle, sind unsere Zimmer nur für Stehpartys geeignet«, meint sie, als sie sich umschaut.

»Es sei denn, wir setzen uns auf den Boden.«

»Wir bräuchten noch zwei Gläser«, meint Karin.

»Ich hole meine aus dem Bad.« Paul eilt zurück auf sein Zimmer.

Als er wieder zurückkommt, sitzen die andern schon im Schneidersitz am Boden.

»Nimm Platz!« Hans macht mit seiner Hand eine einladende Bewegung.

»Paul, stell doch bitte den Wein in den nicht vorhandenen Kühlschrank!« Alle lachen, der Humor wird in dieser Runde nicht zu kurz kommen.

»Die besten Geschichten erzählt man sich dann, wenn die Umstände nicht perfekt sind.« Die Männer beginnen mit der Unterhaltung, während Karin die Gläser für die Überraschungsgäste füllt.

»Ich fürchte nur, dass wir von unserem gemeinsamen Abend niemandem erzählen dürfen.«

»Dann haben wir ein Geheimnis!«, meint Conny.

»Lasst uns darauf trinken!« Karin, die Sommelière der Runde hebt ihr Glas, die anderen folgen und stoßen an.

»Auf die Viererbande!«

»Wenn die Flasche leer ist, lassen wir sie kreisen.« Conny scheint eine Kennerin auf dem Gebiet von Gesellschaftsspielen zu sein.

»Wie sind die Regeln?«, fragt Karin.

»Wenn der Flaschenhals auf einen von uns zeigt, kann er oder sie sich was wünschen.«

»Wo sind die Grenzen?«

»Bei körperlicher oder seelischer Gefährdung. Außerdem dürfen die Gesetze unseres Gastgeberlandes nicht gebrochen werden.« Typisch Mann.

»Bleibt dann noch was übrig?«

»Wenn wir dieses Zimmer nicht verlassen, haben wir großen Spielraum.«

»Kann man auch ablehnen?« Karin kommen Bedenken, schließlich hat sie sich den Verlauf des Abends ganz anders vorgestellt.

»Gib ein Beispiel!«

»Also, wenn zum Beispiel gewünscht wird, dass ich vor euch nackt tanzen soll.«

»Dann darfst du dein Höschen anbehalten«, schmunzelt Paul.

»Du bist blöd!« Karin schmollt, sie fühlt sich mit ihren Bedenken nicht ernst genommen. Hans sieht sich als Gastgeber der Harmonie verpflichtet und versucht, die Gemüter zu beruhigen.

»Liebe Genossinnen und Genossen, wir sind doch

keine Scheusale, die andere quälen müssen, um Spaß zu haben. Ich appelliere also an die Vernunft aller Mitglieder der Viererbande. Bei allem, was in diesen vier Wänden geschieht, muss Übereinstimmung herrschen. Sadomaso-Spiele sind zwar in der heutigen Gesellschaft weit verbreitet, sollen aber in diesem Raum nicht stattfinden.«

»Wäre es sadomasochistisch, wenn wir Frauen euch Männer bitten würden, dass ihr uns den Tango Argentino beibringt?«, fragt Conny gespielt naiv.

»Au ja! Das ist eine gute Idee!«, meint Karin begeistert.

»Möglicherweise gibt es in der Tangowelt solche Auswüchse, aber Hans und ich haben gelernt, dass wir Tänzer unsere Tänzerinnen zum Glänzen bringen! Wenn ihr euch das wünscht, haben wir keine Einwände.«

»Natürlich wollen wir glänzen!«

»Aber was ist mit der Flasche?«, fragt Karin.

»Wir brauchen sie jetzt nicht mehr. Kommt, lasst uns beginnen!«

»Kannst du anleiten, Hans?«, fragt Paul.

»Ja, ich traue es mir zu. Wer mit wem?«

»Ich wollte schon immer mit Paul einen Tangokurs belegen.«

»Und ich mit Hans.«

»Also gut, wir können ja gegen später mal wechseln. Dann steht bitte auf! Erste Lektion, der Tango wird im Stehen getanzt. Manche meinen, der Tango beginnt im Stehen und endet im Bett.« Hans entpuppt sich als humorvoller Lehrer und erntet Gelächter.

»Schon in der ersten Lektion?«, fragt Conny frech.

»Dein Bett ist ja größer als die Tanzfläche!«

»Die Arbeit kommt vor dem Vergnügen. Jetzt reißt euch mal zusammen!«

»Vorher noch einen Schluck? Ich muss mir Mut antrinken. Geht es dir auch so, Conny?« Karin gibt ihr ein Glas in die Hand.

In der Tat steht beiden Paaren nur wenig Platz zur Verfügung. Doch Hans hat nicht vor, größere Schrittfolgen anzuleiten. Gemeinsam mit Paul zeigt er den Frauen, welche Möglichkeiten sie haben. So führt er ihn, der jetzt die Rolle der Frau einnimmt, auf das linke Bein, das dann das Standbein ist. Mit dem freien rechten Bein kann nun Paul durch Hans' Führung Schritte nach rechts, vorn und hinten machen.

Paul hält die Augen geschlossen, um zu spüren, wohin Hans ihn führt. Für beide eine einfache Sache. Beinwechsel, dasselbe in die entgegengesetzte Richtung.

»So, das versuchen wir jetzt.« Er entlässt Paul und wendet sich Karin zu.

»Das ist doch leicht«, meint Conny. Aber sie täuscht sich. Es gibt doch einige Stolperer bei beiden Frauen.

»Können wir jetzt mal richtig tanzen?« Die Frauen möchten es jetzt genauso machen, wie sie es am Nachmittag bei den Männern gesehen haben. Hans merkt, dass er in dieser Situation und unter solchen Bedingungen keine ernsthafte Tangostunde abhalten kann.

»Gut, dann zeigen wir euch den kleinen Grundschritt. Paul, kommst du bitte!« Er beginnt mit dem auf Milongas unüblichen Rückschritt, dann zur Seite, vor, vor, Seitschritt, schließen, Gewichtswechsel und wieder von vorn beginnen.

»Aber ihr habt doch heute Nachmittag eng getanzt und auch noch mit Musik – oder dürfen das nur die Männer?« Conny ist wie immer vorlaut und Karin kichert, ganz nach dem Geschmack der beiden Männer. Sie haben für ihre Verhältnisse schon reichlich Alkohol intus.

Hans verdreht die Augen, während Paul auf seinem Smartphone einen Tango sucht. Es ist die Musik aus einem Tango-Sampler. Allmählich haben es die Männer kapiert, dass es hier nicht um eine Tangostunde geht, sondern um einen lustigen Abend zu viert. Deswegen korrigiert Hans auch nicht, als er beobachtet, wie die beiden Frauen ihre Schritte, nicht gerade tangogerecht, ziemlich breitbeinig ausführen. Schließlich haben sie es ja nicht gelernt, außerdem hat man dann auch einen besseren Stand. Wenn sie dann noch von den kräftigen Armen ihrer Tänzer festgehalten werden und sie ihre Wangen an die Köpfe ihrer Partner schmiegen, kommt es so hin, wie es sich die beiden Tangueras vorgestellt haben.

Das Tanzen in geschlossener Haltung hat es den Frauen angetan. Dabei vergessen sie ihre immer schwerer werdenden Beine, was die einfühlsamen Männer spüren. Statt Schritte zu machen, beschränken sie ihre Führung auf Gewichtswechsel. Ein Betrachter dieser Szene würde zu dem Schluss kommen, hier wird Stehblues zur Tangomusik getanzt.

Die Unterrichtsstunde hat sich übergangslos aufgelöst, der Lehrer genießt die Nähe mit Karin. Paul und Conny geht es nicht anders. Nun bestimmt eine gewisse Eigendynamik den weiteren Verlauf der Nacht. Ob die beiden Männer ihr Treuegelöbnis aufrechterhalten können, das sie feierlich ihren Frauen auf dem Standesamt gegeben haben? Karin ist ja frei und ungebunden, Conny hingegen hat einen Lebenspartner. Man könnte den Eindruck gewinnen, dass es die Frauen darauf ankommen lassen, denn sie umgarnen die Männer mit all ihrem Charme und spielen mit den Reizen ihrer Körper – und sie sind gut darin! Ein schlechtes Gewissen scheinen die Männer nicht zu haben, sie forcieren auch nichts, sie lassen es mit sich geschehen. Ob das Sünde ist? Sie küssen die Frauen nicht, sie lassen sich küssen, sie lassen sich verführen. Doch wie weit sind sie bereit zu gehen? Conny und Paul kennen sich gut, sie sind, wenn auch nur für kurze Zeit, ein Paar gewesen. Auch sind sie die ersten, die sich in dieser Nacht küssen. Die Tatsache, dass es in Hans' Zimmer geschieht, hält sie davon ab, das Bett zu benutzen. So sitzen sie am Boden, mit dem Rücken an die Wand gelehnt. Hans und Karin leisten ihnen Gesellschaft, sie möchten nicht allein weitertanzen. Eine Weinflasche ist noch übrig, Karin öffnet sie.

Was sich am Nachmittag schon gezeigt hat, konkretisiert sich in dieser Nacht. Karin und Conny wollen in Verbindung bleiben und morgen früh ihre Handynummern austauschen, Hans und Paul ebenso. Karin und Susanne könnten eine Fahrgemeinschaft bilden und gemeinsam Dominique und Conny in Paris besuchen. Paul hat Hans und seine Frau bereits nach Berlin eingeladen, doch Hans meldet Bedenken an. Seine Frau ist im siebten Monat schwanger und somit in den nächsten

Monaten nicht in der Lage zu reisen. Deshalb dreht er die Einladung um. Paul und Lore könnten sie doch in München besuchen. Paul sagt zu. Er ist sich sicher, dass sich Lore darüber freuen wird.

»Darf ich bleiben?«, fragt Karin. Hans nickt, er bringt es nicht übers Herz, den Kopf zu schütteln. Nein, so stimmt das nicht ganz – Hans hat nicht gnädigerweise zugestimmt, eigentlich wünscht er es sich genauso wie sie. Doch er fühlt immer noch diesen Zwiespalt.

Am frühen Morgen schleicht sich Karin aus Hans' Zimmer. Sie möchte nicht Gefahr laufen, von den andern ihrer Gruppe dabei ertappt zu werden. Zuvor gibt sie dem schlafenden Hans noch einen Abschiedskuss, zieht ihr Kleid über, Schuhe und Unterwäsche nimmt sie in die Hände. Kaum dass sie ihr Zimmer betreten hat, hört sie das Geräusch einer sich öffnenden Tür. Verstohlen und auch neugierig schiebt sie ihr Gesicht am Türstock vorbei. Sie entdeckt Conny, die gerade vorsichtig die Tür zu Pauls Zimmer schließt. Wie sie selbst trägt auch Conny ihre Schuhe in den Händen und schleicht auf den Zehenspitzen den Flur entlang. Ihre sonst zurückgesteckten Haare trägt sie offen.

Karin kann in der verbleibenden Zeit, bis sie aufstehen muss, nicht mehr einschlafen. Sie hat den Mann, der zu ihr passen würde, gefunden. Wenn sie ihn nur früher kennengelernt hätte, wäre er noch frei gewesen. Wie kann sie das nur aushalten? Sie wird noch mehr als zwei Tage mit Hans zusammen verbringen – hin- und hergerissen zwischen der intimen Nähe in der vergangenen Nacht und dem Verlust, den sie nach ihrer Rückkehr erleiden wird.

Sie haben sich um halb neun zu einem letzten gemeinsamen Frühstück verabredet. Rosi und Mechthild sind die ersten, die im Frühstücksraum ankommen. Bevor sie sich setzen, bewundern sie das beeindruckende Panorama, das sich ihnen beim Blick nach draußen bietet. Die Sonne, die sich noch hinter dem Gebäude versteckt hält, wirft langgezogene Schatten auf die Dächer der Nachbarhäuser. Die Ostfronten der weiter unten im Dorf liegenden Häuser und der Kirche werden dagegen mit eierschalenfarbenem Licht angestrahlt. Es wird wieder ein heißer Tag. Heute wollen sie weiterfahren. Ihr Ziel ist das am Meer liegende Sanary-sur-Mer, wo Jean Perdu den Sommer verbracht hat. Er hat seiner Cathérine seitenlange Briefe nach Paris geschrieben. Dabei hat die Autorin des Buches seinen Füllfederhalter geführt und das Meer beschrieben, wie nur sie es kann:

»Das Meer hat bisher siebenundzwanzig Farben gezeigt. Heute dieser Mix aus Blau und Grün. Petrol nennen es die Frauen in den Boutiquen, die wissen Bescheid, ich nenne es – nasses Türkis.

Das Meer, Cathérine, kann rufen. Es kann kratzen, Katzenhiebe. Es kann sich bei dir einschmeicheln und dich streicheln, es kann der glatteste Spiegel sein, und dann wieder tobt es und lockt die Surfer in die groben, lauten Wellen. Es ist jeden Tag anders, und die Möwen schreien an Sturmtagen wie kleine Kinder und an sonnigen wie die Verkünder der Herrlichkeit – Schön! Schön! Schön! – Man könnte sterben an Sanarys Schönheit und es nicht merken.«

»Bonjour«, begrüßen sie sich in der Landessprache, als sie nacheinander eintrudeln. Die Gesprächigsten sind diejenigen, die die Nacht allein verbracht haben. Die andern halten sich eher bedeckt, wohl eher aus Verlegenheit als aus Müdigkeit. Die Nüchternheit der Morgenstunde hat die Stimmung der Nacht verscheucht.

»Sehen wir uns im nächsten Jahr wieder?«, fragt Rosi mit Blick auf Conny und Paul.

»Gerne. Darf ich Paris vorschlagen?« Conny bestreicht ihr Croissant gerade mit Butter.

»Und du, Paul?« Ein Seitenblick Connys zu Paul.

»Auch gerne, wenn der Termin für mich passt.«

»Und wer nimmt die Sache in die Hände?«

»Das kann ich gemeinsam mit Dominique übernehmen.« Susanne meldet sich für diese Aufgabe.

»Und ich kümmere mich um die Literatur. Schließlich brauchen wir einen Grund für unsere Parisreise«, fügt Mechthild lächelnd hinzu.

»Gibt es Gegenstimmen?« Rosi blickt in Richtung Hans, der sich bisher zurückgehalten hat.

»Ihr wisst ja, dass Franzi schwanger ist. Im nächsten Sommer wird unser Kind ein Dreivierteljahr alt sein. Ich kann es nicht einschätzen, wie flexibel wir dann sind.«

»Wir Frauen können nicht nur Bücher lesen, sondern auch Babys im Arm halten. Dem Max wird es bei uns gutgehen!« Rosi ist der geborene Muttertyp, ihre Brüste stehen denen von Franzi in nichts nach. Franzi und Hans haben bereits erfahren, dass sie einen Jungen bekommen werden und sich schon vor der Geburt auf den Namen Max geeinigt.

»Gut, dann tauschen wir noch unsere Mailadressen und Handynummern aus. Wir sollten bald losfahren.«

Paul und Conny stehen an der Straße, um die Münchner zu verabschieden, als diese in ihren Bus einsteigen.

»Karin, ist dir was über die Leber gelaufen?«, fragt Rosi, als sie Platz genommen haben.

»Nein, ich bin nur in nachdenklicher Stimmung.« Die Blicke der drei Frauen begegnen sich, sie wissen Bescheid. Hans bemerkt es, als er in den Rückspiegel schaut und den Motor startet.

Paul und Conny winken ihnen nach, bis sie hinter der nächsten Kurve verschwunden sind. Dann wendet sich Conny Paul zu.

»Paul, hast du ein Problem mit unserer Nacht?«

»Ich weiß nicht, Conny. Es war wunderschön mit dir, aber ich hab' ein schlechtes Gewissen. Wir hätten es nicht tun sollen.«

»Ich weiß, welche Vorwürfe ich dir letztes Jahr gemacht habe und dieses Mal bin ich selbst schwach geworden. Und ich will wieder schwach werden!«

»Wie meinst du das?«

»Ich liebe dich immer noch!«

»Conny, ich bin mit Lore verheiratet und ich bin glücklich mit ihr!«

»Aber wie soll es mit uns weitergehen?« Conny gibt sich selbst die Antwort: »Ich weiß es nicht.« Sie schüttelt traurig den Kopf. Paul weiß nicht, was er ihr sagen soll, ihm fehlen die tröstenden Worte und auch eine Idee, wie er ihr helfen könnte. In seiner Hilflosigkeit tut er das

Einzige, womit er seine Gefühle ausdrücken kann – er nimmt sie in den Arm und drückt sie fest. Als er spürt, dass seine Wangen feucht werden, küsst er ihre weinenden Augen.

So verharren sie einige Minuten in Schweigen, dann lösen sie sich voneinander. Als Conny ihn mit wässrigen Augen anschaut, meint sie zum Abschied: »Mein lieber Paul, wir werden heute keine Lösung finden. Bitte lass uns in Verbindung bleiben! Ja?« Paul nickt und gibt ihr ein letztes Küsschen.

Er schaut ihr nach, als sie mit ihrem Koffer zum Parkplatz unterhalb des Hotels geht. Er bleibt so lange stehen, wie er sie noch sehen kann. Doch sie dreht sich nicht mehr nach ihm um. Dann geht auch er zu seinem Auto und fährt in die entgegengesetzte Richtung davon.

Im Gegensatz zu gestern, als er allein auf dem Weg zu Maries Grab war, empfindet er heute Morgen keinerlei Beklemmungen. Nur der Abschied von Conny hat ihn mitgenommen und beschäftigt ihn.

Bis auf einen Transporter der Gemeinde ist der Parkplatz auf dem Friedhof leer. Ausladend und erhaben stehen mächtige Zedern am Weg und bilden ein Spalier zur alten Kirche hin. Paul lässt sie links liegen und geht auf das untere Eingangstor zu. Jetzt hat er wieder diese Weite vor sich, wenn er über die Grabsteine hinweg zum Horizont schaut. Was für ein erhabener Ort, an dem Marie ihre letzte Ruhestätte gefunden hat. Dagegen ihr Grab, schlicht und einfach, in dem hinteren Teil des Friedhofs gelegen, in Nachbarschaft mit anderen, deren Hinterbliebene sich aufwändige Marmoraufbauten nicht leisten konnten.

Paul weiß, als er vor dem Grab steht, dass er nicht mit Maries totem Körper, der vor ihm in der Tiefe liegt, in Kontakt treten kann. Trotzdem geht sein Blick auf ihr Grab, auf die weißen Kieselsteine. Er wählt einen von ihnen aus, auf den er seine Konzentration lenkt, so lange, bis sein Atem und seine Gedanken allmählich zur Ruhe kommen und sein Geist still wird.

Nun braucht er den Stein nicht mehr, er war nur eine Hilfe auf dem Weg zu Marie, denn sie besteht nicht mehr aus Materie – sie ist Geist, Seele. In diesem Zustand der Zeitlosigkeit will Paul ihr entgegenkommen, den Graben zwischen den Lebenden und den Toten überwinden.

Er setzt sich, überkreuzt seine Beine, so wie er es gelernt hat. Leer will er werden, seinen inneren Raum für Marie öffnen, befreit von Gedanken, Gefühlen, Vorstellungen und Erwartungen.

Und dann – irgendwann – ist keiner mehr vorhanden, der auf Marie warten und sie begrüßen könnte, nur noch Stille. Stille, die alles beinhaltet, auch sie.

Wie schön sie ist!

Als Paul aufsteht und seine Sinne öffnet, ist er wieder da, der kleine Sperling auf dem Grabstein, der aus voller

Lebenslust zwitschert. Ein lieber Gruß von Marie an die Welt der Formen und Gestalten – und an ihn, Paul.

Er legt seine Hände zum Gruß zusammen und verneigt sich: »Namasté«, ich grüße das Göttliche in dir.

Paul will wiederkommen, obwohl er weiß, dass eine Begegnung mit Marie nicht unbedingt an den Ort Bonnieux gebunden ist. Und trotzdem ist der Ort nicht unbedeutend, denn hier verstärkt sich seine Beziehung zu ihr und nur hier findet er die Ruhe, die er für eine Begegnung mit ihr braucht.

Warum aber kommt Paul hierher, wenn er inzwischen mit Lore in einer glücklichen Beziehung lebt?

Marie ist nicht mehr der Mensch Marie. In Pauls Erinnerung verkörpert sie im übergeordneten Sinn das Ideal der uneigennützigen Liebe zwischen einem Mann und einer Frau.

Wie gut, dass es Navis gibt! Paul gibt die Adresse des Flughafens von Nizza ein: Rue Costes et Bellonte, 06206 Nice. Danach überlässt er sich der Führung seines GPS. Immer noch entrückt und noch nicht vollständig in der materiellen Welt angekommen, hat er Mühe genug, sich im Straßenverkehr zurechtzufinden. Nach etwas über zwei Stunden nimmt er die Ausfahrt zum Flughafen. Paul gibt sein Cabrio bei der Autovermietung ab und macht sich auf den Weg zum Terminal. Er orientiert sich an den Hinweisschildern Departure. Über eine Stunde hat er noch Zeit bis zum Abflug. In einem Restaurant im Flughafen möchte er etwas essen und Lore schreiben. Gerade, als er die Speisekarte studiert, hört er seinen

Namen rufen: »Paul!« Er dreht sich um und entdeckt Cristina, die ihm lebhaft zuwinkt. Sie trägt einen knielangen schwarzen Rock mit einer weißen Bluse. Anscheinend ihre Berufskleidung. Paul steht auf und geht ihr entgegen. Dann fallen sie sich in die Arme.

»Ich dachte, du musst arbeiten.«

»Eine Kollegin ist für mich eingesprungen, so konnte ich kommen.«

»Komm, setz dich doch zu mir!«

»Nein, so viel Zeit habe ich leider nicht. Ich wollte mich nur von dir verabschieden und dir meine Handynummer geben.« Sie zieht einen Zettel aus der Handtasche und reicht ihn Paul.

»Wirst du mir schreiben?« Cristina schaut ihn hoffnungsvoll an.

»Versprochen!« Paul meint es in diesem Moment ernst.

»Und, kommst du wieder nach Nizza?«

»Ja, nächstes Jahr im Sommer. Bist du dann noch hier?«

»Ich weiß es nicht. Wenn nicht, schreibe ich dir, wo ich dann bin.«

»Cristina, danke, dass du gekommen bist, welch eine schöne Überraschung!«

»Leider muss ich gleich wieder gehen, meine Kollegin hat nicht so viel Zeit.«

»Darf ich dich zum Abschied küssen?« Cristina antwortet, indem sie ihre Arme um seinen Hals legt und ihn anlächelt. Paul hält ihren Kopf und küsst ihren sinnlichen Mund, bis sie sich ihm entzieht.

»Ich muss gehen. Sehen wir uns wieder?«

»Ganz bestimmt!«

Cristina drückt noch einmal Pauls Hände, lächelt ihn wehmütig an, dreht sich um und geht mit eiligen Schritten davon. Kurz bevor sie sich auf der Rolltreppe seinem Blickfeld entzieht, winkt sie ihm noch einmal zu.

Paul erinnert sich, als er zu seinem Tisch zurückkehrt, an den Roman »Dreimal im Leben«. In diesem großartigen Buch begegnen sich Max, der Eintänzer, und die aparte Schönheit Mecha auf einem Ozeandampfer mit Ziel Buenos Aires. Sie verlieren sich aus den Augen und begegnen sich Jahre später in Nizza. Wieder treibt sie das Schicksal auseinander. Lange Zeit danach begegnen sie sich das dritte Mal in Sorrent. Paul hat diese Geschichte sehr berührt, nachdem er Marie in Paris aus den Augen verloren hatte und ihr in Berlin wiederbegegnet ist. Wird er auch Cristina wiedersehen? Wenn nicht in Nizza, dann an einem anderen Ort – die Welt ist klein.

Paul kann Lore jetzt noch nicht schreiben, Cristina ist noch zu präsent.

Die Zeit ist knapp geworden. Er isst nur eine Kleinigkeit und geht dann zum Check-in. Im Warteraum schickt er noch eine SMS an Lore.

3.

München

Nachdem ihm Franzi damals ihr süßes Geheiminis anvertraut hatte – »Mein allerliebster Mann, du wirst Papa! I frei mi so!«, ist es jetzt bald so weit, und auch so wie vorhergesagt.

Franzis Wehen waren zwischenzeitlich so stark geworden, dass sie sich entschließen, eiligst in die Klinik zu fahren. Trotz ihrer Unerfahrenheit als werdende Mutter deutet sie die in immer kürzeren Abständen und regelmäßig auftretenden Wehen als Signal für die unmittelbar bevorstehende Geburt. Max hat sich offensichtlich entschieden, ein Oktoberfest-Kind zu werden.

Während Franzi das Notwendigste in ihre Tasche packt, holt Hans das Auto, um es direkt vor der Tür zu parken. Vor Wochen, als sie sich für diese Klinik entschieden hatten, war diese Ziel ihrer abendlichen Spaziergänge gewesen. Nur ist das ist heute nicht mehr möglich. Franzi hat Mühe genug, die Treppe zu schaffen und ins Auto einzusteigen. Auf der kurzen Fahrt in die Maistraße begegnen ihnen in dieser frühen Abendstunde zahlreiche Wiesn-Besucher, die in ihren Trachten alle dasselbe Ziel ansteuern: das Oktoberfest.

Noch in derselben Nacht erblickt Max, im Beisein seines Vaters, das Licht der Welt. Mit strahlenden Augen bewundern die stolzen Eltern ihren strammen Sohn, der obendrein mit einem kräftigen Stimmorgan ausgestattet ist. Während sich der winzige Max mit pochendem Herzen auf der Brust seiner zärtlichen Mama von seiner beschwerlichen Reise hinein ins Leben erholt, verabschiedet sich Hans von seiner Familie. Mutter und Kind haben eine besonders intime Beziehung zueinander, was Hans veranlasst, die beiden allein zu lassen. Seiner Rolle als Vater sieht er noch mit gemischten Gefühlen entgegen. Er kann sich durchaus vorstellen, seinem Sohn das Radfahren beizubringen und das Schwimmen. Aber vorher? Sein Freund Richard hat ihm gestanden, dass er erst dann eine wirkliche Nähe zu seiner ältesten Tochter spürte, als sie zum ersten Mal Papa zu ihm gesagt hatte.

Trotz aller zweifelnden Gedanken vertraut er jedoch seiner ausgeprägten Lernfähigkeit. Aber erst einmal muss er das glückliche Ereignis unbedingt mit jemandem teilen. Und wer außer den Kollegen von Franzi käme da in Frage? Eigentlich sollte er noch im Automaten einen Parkschein lösen, da ab dem nächsten Morgen Gebühren fällig werden. Dazu hat er aber keine Lust und geht stattdessen, entgegengesetzt zur Wiesn, die Tumblingerstraße hinunter zum Paulaner. In der Aufregung hat er an diesem Tag kaum etwas gegessen. Daheim stehen nur noch Franzis übriggebliebene Gläser mit Rollmöpsen, die ihn gerade nicht anmachen. Seinen Heißhunger kann er jetzt nicht mit Saurem stillen, da muss schon etwas Deftiges her. Weißwürste mit einer Brezn, das wär's, was seinem Appetit höchste Befriedigung verschaffen würde.

»So, so, der Herr Schubert mechte um Mitternacht friesticken. Sie wissen ja, dass Weißwierschte das Mittagsleiten nicht heren dierfen.«

»Das ist veralteter Brauch, inzwischen gibt es Kühlschränke, in denen sie frisch bleiben.«

»Ihr außergewehnlicher Wunsch ist uns Befehl! Maria, haben wir noch Weißwierschtl da?«

»A Paar ha'mer noch.« Svoboda und seine Kollegin Maria machen heute die Spätschicht. Sie sind Franzis langjährige Kollegen.

»So, das Bier und die Brezn sind etwas schneller, die Wierschtln kommen bald dazu. Wie geht's denn unserer Franzi?«

»Sie hat vor einer Stunde entbunden!«

»Heißt das, dass sie Mutter gworden ist?«

»Ja, und ich bin, nur so nebenbei erwähnt, Vater geworden.«

»Mei, des freit mi aber! Unsere Franzi hat endlich a Kind. Maria hast des ghehrt?«

»Na, is was mit der Franzi?«

»Mutter ist sie gworden!« Maria kommt daraufhin eilig an den Tisch.

»Is ois gued ganga? Habts jetzt an Sohn?«

»Ja, Max heißt unser Stammhalter.«

»Darauf miessn wir trinken. Maria, hol doch bittscheen einen Sekt, aber den guten!«

»A ganze Flaschn?«

»Das ist uns die Franzi doch wert, oder nicht?«

»Scho. Soll i's einitippen?«

»Nein, des geht aufs Haus.«

Hans erinnert Svoboda an seine Weißwürste, die ihm kurz darauf serviert werden. Während er mit Genuss seine Mahlzeit verspeist, wird ihm allmählich bewusst, dass er, Hans Schubert, der gestandene Junggeselle, auf einmal eine Familie hat! Wenn ihm das vor einem Jahr jemand geweissagt hätte, dem hätte er den Vogel gezeigt. Er kann es noch gar nicht fassen. Doch als Maria mit der Sektflasche und drei Gläsern daherkommt, und sie miteinander auf ein gesundes Kind und eine glückliche Familie anstoßen, sind alle Zweifel wie weggewischt. Ob Max noch bei Franzi liegt? Wie gerne würde er sich jetzt zu den beiden legen und mit Franzi kuscheln. Dankbarkeit erfüllt sein Herz, während allmählich der Alkohol zu wirken beginnt. Nun hat er eine Familie und fühlt sich trotzdem allein. Was soll er denn jetzt mit sich anfangen? Die Wirtschaft hat sich geleert, er ist als einziger Gast übriggeblieben. Maria und Svoboda sind mit der Kasse beschäftigt. Hans entscheidet sich für das Naheliegende und trinkt weiter, seinen Gedanken nachhängend. Erst, als die Stühle auf die Tische gestellt werden, registriert er, dass es Zeit wird, zu gehen. Er legt einen Zwanziger auf den Tisch. Dann versucht er, aufzustehen. Das schafft er mit vereinten Kräften seiner beiden Arme. Doch bis zu seiner Wohnung hat er gefühlt noch eine weite Strecke vor sich, obwohl es in Wirklichkeit nicht mal hundert Meter sind. Er ist froh, dass die beiden beschäftigt sind und nicht mit ansehen müssen, wie er auf unsicheren Beinen in Richtung Ausgang wankt. Da hat er sich allerdings getäuscht, seine bleischwere Zunge ist zu einer eleganten Artikulation nicht mehr in der Lage.

»Gute Nacht und danke für die schöne kleine Feier!«
So wollte er sich eigentlich ausdrücken, doch bei den
beiden kam es nuscheliger an. Aber als Profis sind sie mit
dieser Sprache vertraut, wie Mütter mit der Babysprache.

»Ois guede und kimmts bald mal vorbei!«

»Versprochen!«

Draußen muss sich Hans erst einmal an die Wand
lehnen. Hinter ihm werden die Türen verschlossen. Die
frische Luft setzt ihm zu, doch hat er keine Wahl. Er
konzentriert sich wie früher, als er in der Yogastunde auf
einem Bein stehen musste. Dabei half ihm immer, wenn
er einen Punkt an der gegenüberliegenden Wand mit
seinen Augen fixierte. Genauso kann er es jetzt schaffen,
hofft er positiv denkend. Also sucht er einen auf der
gegenüberliegenden Seite des Platzes, fixiert die Straßenlaterne und stößt sich von der Hauswand ab. Zwangsläufig muss er immer höher schauen, je mehr er sich
der Straßenlaterne annähert. So übersieht er den Rand-
stein. Mit rudernden Armen kann er gerade noch das
Gleichgewicht halten und einen Sturz verhindern. Jetzt
aber muss er aufs Neue fixieren und entscheidet sich für
einen Lichtpunkt weiter vorne in der Häberlstraße. Es
dürfte sich um den Eingangsbereich vom Hotel Herzog
handeln, doch so weit muss er ja nicht gehen. Als ihm
Spätheimkehrer von der Wiesn entgegenkommen, reißt
er sich zusammen, obwohl man einander kaum kennen
dürfte. Fast hätte er den Hauseingang verpasst, doch ein
körperlicher Automatismus, und sei es auch nur die An-
zahl seiner Schritte, lässt ihn innehalten. Den Schlüssel
für die Haustür findet er in seiner Sakkotasche – doch

wie blöd, der Schlüssel passt anscheinend nicht. Verzweifelt versucht er immer wieder das zu wiederholen, was ihm jahrelang mühelos gelungen war.

»Können wir Ihnen helfen?« Ein junges Pärchen im Trachtenlook steht belustigt hinter ihm.

»Irgendetwas stimmt hier nicht mit dem Schloss. Es muss wohl ausgewechselt worden sein«, nuschelt er.

»Ja, dass passiert meistens während der Wiesnzeit. Darf ich mal?« Der junge Mann in der Lederhose übernimmt die Regie, während seine hübsche Begleiterin im Dirndl im Hintergrund bleibt. Als Hans seinen Blick von ihr abwendet, steht die Tür bereits offen.

»Voilà, das Schloss wäre überwunden.« Er übergibt Hans den Schlüssel, legt seinen Arm um seine Begleiterin und geht mit ihr weiter, die Häberlstraße hinunter in Richtung Kapuzinerplatz.

»Dankschön!« ruft Hans ihnen nach. Die beiden winken noch mit ihren Armen, ohne sich umzudrehen, und gehen verliebt weiter. Die hat der Himmel geschickt, ganz sicher, denkt Hans. Als er ihnen noch mal nachschaut, sind sie verschwunden – gleichsam in Luft aufgelöst.

Vor ein paar Stunden hatte er Franzi geholfen, die Treppen herunterzukommen. Doch wer hilft ihm jetzt hinaufzukommen? Es ist nicht das erste Mal, dass Hans in der Nacht Mühe mit der Treppe hat. Er hatte sich dann immer mit den Händen am Geländer hochgehievt und seine Füße nachgezogen, so auch diesmal. Eine bessere Technik hat er bisher nicht herausgefunden. Fast am Ziel angelangt, versagen ihm dann doch noch die Beine. Er muss sich setzen. Es ist die vorletzte Stufe vor seinem Wohnungseingang. Auch tut es gut, seitlich an der Wand Halt zu suchen. So kann sich sein Atem allmählich beruhigen. Und als sich dieser in einem regelmäßigen Rhythmus eingependelt hat, ist er bereits an Ort und Stelle eingeschlafen.

Die morgendliche Kälte und der Druck in seiner Blase wecken ihn gemeinsam. So entscheidet er sich, auch wenn es ihm anfangs noch schwerfällt, vom Unangenehmen ins Angenehmere zu wechseln. Jetzt schafft er es allein, das Türschloss zu öffnen – um diese frühe Zeit hätte ihm auch niemand helfen können. Beim Pinkeln schüttelt er den Kopf über sich selbst. Wie konnte er nur in eine solche Situation geraten? Das Ganze will er schnellstens abhaken und sich ernsthaft seiner Verantwortung als Familienvater stellen. Als er auf sein Sofa zusteuert, vermeidet er es, in den Badezimmerspiegel zu schauen. »Oh Mann, wie soll ich das nur schaffen?« Noch während er diesen Satz in Gedanken formuliert, hat ihn der Schlaf überwältigt und von diesen Sorgen erst einmal befreit.

Am nächsten Morgen ähnelt sein Sakko der zerknitterten Haut seines Sohnes. Wie gut, dass ihn Franzi in diesem Zustand nicht sehen kann, als er ans Telefon geht.

»Guten Morgen stolzer Vater, wie geht es dir?« Franzis Stimme klingt zärtlich und gedämpft.

»Hm, so eine Geburt kann ganz schön anstrengend sein, also dementsprechend.«

»Host du den Max auf d'Welt bracht oda i?«

»Reden wir lieber nicht von mir. Wie geht's denn euch beiden?«

»Da Max schläft und i vermiss di schrecklich!«

»Ich komme bald vorbei. Soll ich dir was mitbringen?«

»Na, i hob ois. Du hörst di verkatert o. Host gfeiert?«

»Ja, ich habe doch deinen Kollegen die frohe Botschaft überbringen müssen. Svoboda hat sich nicht lumpen lassen und den besten Sekt spendiert.«

»Wer ist no dagwesn?«

»Die Maria. Ich soll dir auch noch herzliche Glückwünsche deiner Kollegen ausrichten. Sie haben sich richtig für dich gefreut.«

»Di hab'n sich gfreit und du host den Sekt trunken.«

»Ja, so ähnlich. Und vorher habe ich noch Weißwürscht mit einer Brezn und einem Bier gehabt.«

»Mei, i hob's Gfui, ab jetzt mues i auf zwoa Mannsbuilder aufpassn.«

»Wenn der Max nach mir kommt, schon. Aber ich hoffe, er hat deine Gene!«

»I moan, d'Augn hod a von dir.«

»Hast du deine Eltern schon angerufen?«

»Na, des moch i jetzt. Wann kimmst?«

»In einer Stunde, schneller geht's heute nicht. Könnt ihr dann gleich mitkommen?«

»Des woaß i no ned. I mecht scho.«

»Für alle Fälle drehe ich schon mal die Heizung auf.«

»Wolltst ned no was sogn?«

»Ähm, klar doch. Franzi, du bist die wunderbarste Frau auf der Welt, ich liebe dich über alles!«

Als Antwort hört Hans grummelnde Laute durch den Hörer. Max spricht zum ersten Mal mit ihm.

»Unser Sohn ist so süß, kimm schnell!«

»Ja, ich beeile mich. Sag ihm einen schönen Gruß, der Papa kommt gleich.«

»Du Spinner! Aber i hob di trotzdem liab.«

Jetzt aber Beeilung und schnell unter die Dusche. Seine Mutter kann er ja später noch anrufen. Wen sollte er außer ihr noch benachrichtigen? Hans stellt erstaunt fest, dass es wenige Menschen in seinem Umfeld gibt, die es interessieren würde, dass er Vater geworden ist. Er kann sie an einer Hand abzählen, wenn er für die vier Frauen vom Lesekreis jeweils einen Finger nimmt. Eigentlich sollte er auch noch Richard informieren, seinen langjährigen Freund, der sich allerdings von ihm zurückgezogen hat, nachdem er seine Frau verlassen hatte, bei Karin unterschlüpfte, dann aber einen Suizidversuch unternahm, als diese seine Zuneigung nicht erwiderte, und schließlich reumütig zu seiner Frau zurückkehrte. Richard fällt also weg. Stattdessen Paul, den er in Bonnieux kennengelernt hat und der mit ihm telefonisch in Verbindung geblieben war. Mit ihm hat sich seitdem eine Freundschaft entwickelt, die darauf wartet, dass sie sich gegenseitig besuchen – vielleicht auch zusammen mit ihren Frauen. Hans musste Pauls Einladung nach Berlin leider absagen, da die hochschwangere Franzi nicht mehr reisefähig war.

Und da wäre auch noch Isabel, die attraktive Italienerin, die er auf einer Milonga kennengelernt und mit ihr in verschiedenen Städten Europas getanzt hatte – und nicht nur das. Es beschäftigt ihn nach wie vor, denn Isabel war zeitgleich mit Franzi schwanger geworden, möglicherweise das Resultat ihrer gemeinsamen Nacht in einer Salzburger Pension. Doch das ist nur eine Vermutung, für die er noch keine Bestätigung hat.

Hans' erster Blick fällt auf die Windschutzscheibe seines Alfas. Der Tag fängt ja gut an, murmelt er vor sich hin, als er das Knöllchen am Scheibenwischer entdeckt. Sogar die Stadt will von der Geburt seines Sohnes profitieren. Er lässt es stecken in der Annahme, dass er dann kein zweites erhält.

An der Pforte nennt man ihm die Zimmernummer von Frau Schubert. Wie sich das anhört! Fünfzig Jahre lang gab es keine Frau Schubert, mit Ausnahme seiner Mutter. Hans nimmt mit Schwung die Treppen und geht stolz den Flur entlang, bis er vor dem Krankenzimmer steht, in dem sich seine Familie befindet. Auf sein Klopfen hin erhält er ein zweifaches »Herein« als Antwort.

Als er den Raum betritt und die Krankenschwester sieht, weiß Hans, dass er nicht an die Blumen für Franzi gedacht hat. »Ich lass Sie dann mal allein«, sagt sie und verlässt das Zimmer. Franzi lächelt selig, auch wenn Hans mit leeren Händen daherkommt. Max kämpft gerade wie ein Löwe um jeden kostbaren Tropfen, dessen Quelle er instinktiv am zweifellos schönsten Ort dieser Erde erkundet hat. Hin- und hergerissen fragt sich Hans, wen er zuerst küssen soll – den kahlen Hinterkopf seines grunzenden Sohnes oder die lächelnden Lippen seiner Frau.

Wenn es im alltäglichen Leben ganz besondere Momente gibt, dann sind es Anlässe wie Geburt, Taufe,

Kommunion oder Konfirmation, Heirat und der Tod. Hans erkennt in diesem Moment, als er das Strahlen von Franzis Augen wahrnimmt, die Heiligkeit dieses Momentes. Er beugt sich über sie, seine Lippen berühren ihre und zum ersten Mal küsst er sie aus reiner, dankbarer Liebe.

Max lässt sich nicht stören, er kümmert sich um seine existenziellen Bedürfnisse. Erst sehr viel später wird ihm sein Vater wichtig sein, der im entscheidenden Moment einfach nicht aufgepasst und so sein Dasein ermöglicht hat, denkt Hans. Wie ernüchternd das klingt! Richard würde sagen, eine höhere Macht hat dich gelenkt und es geschehen lassen, so wie es geschehen musste.

Es ist gut so, wie es ist, sagt sich Hans und wendet sich seinem Sohn zu, der inzwischen gesättigt und vor Erschöpfung eingeschlafen ist. Er kommt sich unbeholfen vor und weiß nicht, wie er dieses Bündel berühren soll, denn er will nichts falsch machen. So orientiert er sich an der wissenden Mutter und legt seine Hand neben Franzis auf Max' Rücken. Seine andere Hand streichelt die strahlende Mama. So hat er sich die Jungfrau Maria immer vorgestellt, als ihm seine Mutter vom Jesuskind im Stall von Bethlehem vorgelesen hat. Erst später, im Konfirmandenunterricht, hat er erfahren, dass Lukas in seinem Evangelium weder Ochs noch Esel erwähnt hat, auch dass Maria schwarzhaarig gewesen sein muss. Doch das kindliche Bild, das in ihm durch Mutters Erzählung entstanden ist, hat sich dermaßen in sein Gedächtnis eingebrannt, dass selbst sein sonst so kritischer Geist nicht daran rühren möchte.

Er denkt an seine Mutter, wie sie zu dieser Tageszeit in der Küche sitzt und zum Kaffee den Schwarzwälder Boten liest. Eine tiefe Dankbarkeit steigt in ihm auf.

Während Hans so vor sich hin sinniert, hört er nur mit einem Ohr zu, als Franzi vom Telefonat mit ihren Eltern berichtet. Erst dann, als er erfährt, dass seine Schwiegereltern ihren Besuch für heute Mittag angekündigt haben, wird er hellwach und hegt Fluchtgedanken. Den Franz mag er ja, sie sind sich ähnlich, aber die Luise mit ihrer emotionalen geschwätzigen Art, die liegt ihm gar nicht und er meidet sie, wo er nur kann. Heißt es nicht, Mann soll vorsichtshalber, bevor er seiner Auserwählten das Ja-Wort gibt, zuerst die Schwiegermutter unter die Lupe nehmen? In schwierigen Situationen mit Franzi hat Hans das Gefühl, dass sie nach ihrer Mutter geht. Es heißt auch, dass der Mann seine Mutter in seiner Frau sucht. Gesprächsthemen genug für ihn und Richard. Doch der ist gescheitert, trotz seiner umfassenden psychologischen Kenntnisse, und schweigt fortan. Frauen wie Männer brauchen eine beste Freundin, einen besten Freund! Denn die Partner können nicht alle Bereiche des Lebens abdecken.

Paul! Ihn will er nachher anrufen, wenn er daheim ist. Franzi und Lore haben auch schon gelegentlich miteinander telefoniert und verstehen sich bestens.

Mutter und Kind müssen noch zwei Tage in der Klinik bleiben. Hans will sie noch mal am späten Nachmittag besuchen, wenn er sicher sein kann, dass seine Schwiegereltern nicht mehr da sind. Doch lässt er höflichkeitshalber Grüße an sie ausrichten. Vielleicht sollte er mal mit dem Franz auf ein Bier … ? Doch er vermutet, dass der Franz seit Langem resigniert hat und es mehr als ein Bier bräuchte, um seine Zunge und damit seine Verdrängungen zu lösen. Hans schwört sich, dass er dieses Schicksal nie und nimmer mit seinem Schwiegervater teilen will!

»Soll ich dir ein Buch mitbringen?

»Na, i hob gnuag Zeitschriftn do für Mutter und Kind. I bin a müd und schlaf, wenn d'r Max schläft. Wenn a Bsuech kimmt, isses aus mi der Ruh.«

»Dann bis später ihr beiden.« Hans gibt der Franzi einen Kuss und Max kriegt auch einen.

Erst einmal parkt er seinen Wagen um; kaum hundert Meter weiter findet er einen gebührenfreien Parkplatz. In seinem kleinen Supermarkt am Goetheplatz besorgt er einen Blumenstrauß, danach schleicht er ins Haus, denn der neugierigen Frau Huber möchte er heute nicht begegnen. Ihr Kater, der Moritz, sitzt auf dem ersten Treppenabsatz und kriegt von ihm eine Streicheleinheit, dass er nicht petzt.

Jetzt will er seine Anrufe tätigen. Zuallererst wählt er die Nummer seiner Mutter, die sich in ihrer herzlichen Art so für ihren Sohn freut, dass er sie am liebsten in den Arm nehmen möchte. Endlich ist sie Großmutter geworden, es sei »nur schade, dass es der Vater nimmer erleben durfte«.

Als er mit sich ringt, ob er auch Isabel die frohe Botschaft über SMS mitteilen soll, klingelt das Telefon. Hans erkennt auf dem Display die Berliner Vorwahl. Paul, vermutet er, und schon hört er seine Stimme.

»Guten Morgen Hans, störe ich beim Windelwechseln?«

»Nein, das kommt aber bald auf mich zu. Franzi ist noch in der Klinik.«

»Also darf man gratulieren. Sohn oder Tochter?«

»Rate mal! Unser Kind heißt Max.«

»Du Hans, weshalb ich anrufe – wir haben vor, auf das Oktoberfest zu gehen. Können wir euch dann besuchen kommen oder käme das jetzt ungelegen?«

»Nein, überhaupt nicht. Ihr könnt auch bei uns wohnen, es ist Platz genug. Und von uns aus könnt ihr zu Fuß aufs Oktoberfest gehen. Wann wollt ihr kommen?«

»Nächste Woche, Donnerstag. Wie finden wir eure Adresse?«

»Nehmt die S 1 oder die S 8 vom Flughafen in die Stadt, fahrt bis zum Marienplatz, dann weiter mit der U 3 in Richtung Fürstenried oder mit der U 6 Richtung Großhadern. Vom Goetheplatz bis zu uns sind es noch hundert Meter.«

»Gut, ich habe mitgeschrieben. Das dürfte für Berliner nicht schwierig werden. Wir melden uns kurz vorher noch mal.«

»Ich freue mich auf euch. Franzi sicher auch. Ich werde es ihr gleich mitteilen. Bis bald!«

»Ja, bis bald! Freue mich auch.«

Hans ruft gleich danach Franzi an und bereitet sie auf den Besuch vor. Ob ihr das nicht zu viel wird? Nein, sie freue sich auf Paul, sagt sie, und ganz besonders auf Lore. Hans ist erleichtert, denn er hatte ja bereits zugesagt. Morgen werden sie nach Hause entlassen, teilt ihm Franzi mit. Damit wird sich sein Leben also total verändern. Ihr Kind wird dann im Mittelpunkt stehen. Hans kommen Bedenken, ob sie als Paar noch genügend Zeit füreinander haben werden – und überhaupt, ob ihm noch ausreichend Zeit für sich selbst bleibt.

Dass ihr Kind der Mittelpunkt ihres zukünftigen Lebens sein würde, mit dieser Einschätzung lag er richtig. Andererseits hat er die Vaterliebe nicht bedacht. Klar, sein Sohn wird wohl seine und noch mehr Franzis Spielräume einschränken. Andererseits empfindet er ihn auch als ein Geschenk, das allein durch sein Dasein eine bisher nicht gelebte Verbundenheit zueinander und ein Verantwortungsgefühl füreinander mit sich bringt, und insgesamt eine Liebe entstehen lässt, die sich nicht mehr nur aufeinander bezieht, sondern alle drei mit einschließt.

Zunächst einmal entpuppt sich Max aber als ein zufriedenes Baby, das viel schläft und lächelt, wenn es die Augen öffnet, und nur weint, wenn es Hunger hat, wie alle Babys auf dieser Erde. Und Franzi beschränkt sich auch nicht auf ihre Mutterrolle, sondern bleibt für Hans weiterhin die liebevolle Partnerin, die ihm zeigt, wenn sie Lust auf ihn hat. Nur an eines kann er sich einfach nicht gewöhnen, dass er nun ihre herrlichen prallen Brüste mit seinem Sohn teilen soll.

Es klingelt an der Wohnungstür. »Des san sicher de Berliner. Machst auf?« Sie stillt gerade den unersättlichen Max und zieht sich mit ihm ins Schlafzimmer zurück. Hans drückt den Türöffner und geht den Gästen im Treppenhaus entgegen. Er muss bis ins Parterre hinuntergehen, weil sie an Moritz, der um ihre Beine streicht und seine Streicheleinheiten einfordert, nicht vorbeikommen. Sein Schwanz steht senkrecht, während er schnurrt und von Lore gestreichelt wird. Hans umarmt seinen Freund Paul, dann erst begrüßt er Lore, die er zum ersten Mal sieht. Tolle Frau, ist sein erster Eindruck, und so sympathisch! Er nimmt ihren Koffer und entschuldigt sich für das Fehlen eines Aufzugs.

»Wir haben in Berlin auch keinen!« Diese Stimme! Ob sie Franzi mit ihrem Dialekt verstehen wird?

»Wo bleibts denn?« Franzi schaut vom oberen Treppenabsatz nach unten. So wie sie sich hergerichtet hat, steht sie Lore in nichts nach.

»Euer Wachhund hat uns aufgehalten.«

»Die Frau Huber?«

»Nein, der Moritz hat sich ihnen in den Weg gestellt.«

»Aber jetzt seid's ja da. Herzlich willkommen!« Ab diesem Moment bemüht sich Franzi, ihre Münchner Mundart etwas zu zügeln, um von Lore und Paul verstanden zu werden. Sie hat aber nicht die Absicht, ist auch nicht dazu in der Lage, ihre Herkunft zu verleugnen. Das typisch gerollte »R« der Bayern, die Einfärbung der Vokale, und einige grammatikalische Eigenarten, die vom Schriftdeutschen abweichen, hat sie praktisch mit der Muttermilch in sich aufgenommen, sind ihr sozusagen in Fleisch und Blut übergegangen.

»Kommt's doch herein!« In der Diele umarmen sie sich. Hans muss die Gäste nicht vorstellen, da man schon des Öfteren miteinander telefoniert hatte.

»Ich vermisse jemanden!« Lore schaut sich suchend um.

»Du moanst sicher den Max. Den hab ich gerade gestillt und jetzt schläft er. Magst ihn sehn?«

»Ja, gerne!« Lores Augen strahlen vor Freude. Sie ist ganz vernarrt in Kinder, besonders Babys sind ihr ans Herz gewachsen. Die Männer lassen die Koffer erst mal in der Diele stehen und machen es sich im Wohnzimmer gemütlich, während die Frauen auf Zehenspitzen ins Schlafzimmer gehen. Hans holt den Begrüßungssekt aus dem Kühlschrank und denkt nicht an das schlafende Kind, als er wie üblich den Korken knallen lässt. Sie zucken zusammen – auch die Frauen, die sich gerade mit leuchtenden Augen über die Wiege beugen, als ob das Jesuskind darin liegen würde. Doch Max lässt sich von solch einer Geräuschlappalie nicht stören. Er bewegt sich ein bisschen, verzieht sein Gesicht und grunzt leise.

»Ja, jetzt ist alles anders. Trinken wir auf euren Stammhalter!«, lächelt Paul mitfühlend. Sie stoßen an.

»Wie sieht bei euch die Planung für die nächsten Tage aus?«

»Morgen wollen wir nach dem Frühstück aufs Oktoberfest gehen. Am Abend haben wir noch nichts vor.«

»Und heute Abend? Gibt es besondere Wünsche?«

»Nein, wir passen uns euch an.«

Sie einigen sich darauf, gegen später gemeinsam zu kochen. Danach möchte Hans Paul ins Bräuhaus entführen, während es sich die Frauen daheim gemütlich machen könnten – so sein Plan, den die Frauen aber noch absegnen müssen. Als ob sie geahnt hätten, dass über sie gesprochen wird, kommen die beiden in diesem

Moment ins Wohnzimmer. Fast feierlich trägt Lore das Baby in ihren Armen.

»Schau mal, wie süß!« Lore setzt sich neben Paul und übergibt Max in seine Arme. Paul fragt leise in die Runde: »Dürfen wir ihn mitnehmen?«

»Na, den Max gemma nimmer her!« Entrüstet fällt sie in ihre Mundart zurück. Alle lachen. Franzi stimmt nach ein/zwei Schrecksekunden mit ein. Max öffnet seine Äuglein, schaut in Pauls lachendes Gesicht, als würde er in ihm seinen Papa sehen. Dann verzieht er sein Mündchen. Wird er sich jetzt freuen oder weinen? Seine Mundwinkel gehen nach oben und er strahlt Paul an, sodass dem ganz warm ums Herz wird. Seine Ärmchen bewegen sich unkontrolliert, wie einst bei Joe Cocker. Aber bei einem Baby sieht doch alles süß aus, sogar sein zahnloser Mund.

Franzi hatte gestern schon den Einkaufszettel für Hans geschrieben. Sie wollen ihre Gäste aus dem Norden mit einer bayerischen Spezialität überraschen. Zuerst wird es eine Brotsuppe geben, danach Schweinsbraten mit Semmelknödel und Krautsalat. Dazu Bier für die Männer, Wasser für die Frauen und zwischendurch Muttermilch, sozusagen als Extrawurst für den Max.

Lore und Paul haben sich inzwischen im Gästezimmer eingerichtet, sich im Bad frischgemacht und stehen erwartungsvoll in der Küche, bereit zu helfen. Franzi übernimmt die Regie und verteilt die Aufgaben. Bald vermischen sich Bratendüfte mit dem Parfüm der Frauen. Max, dessen Nase dies alles noch nicht kennt, scheint etwas verwirrt zu sein. Die Männer, von dieser Mischung ebenfalls verwirrt, bekommen Appetit – nicht nur auf das deftige bayerische Nationalgericht, sondern auch auf die attraktiven Köchinnen.

Lore erklärt sich mit dem Wunsch der Männer, anschließend noch ins Paulaner-Bräuhaus zu gehen, einverstanden, sofern sie nicht zu viel trinken. Sie zieht es vor, bei Franzi zu bleiben. Hier scheint sich eine Freundschaft anzubahnen.

Während sie gemeinsam das Geschirr abtragen, erhält Paul einen Anruf. Olaf, sein bester Freund, der sich zurzeit auch in München aufhält, schlägt vor, sich noch am Abend zu treffen. Paul gibt ihm, nach Rücksprache mit Hans, die Adresse vom Bräuhaus. Olaf ist einverstanden und will später dorthin kommen.

Auf dem kurzen Weg zum Bräuhaus begegnen Hans und Paul Grüppchen von Menschen, die der Wiesn zustreben. Es ist einer der letzten Abende des Oktoberfestes.

Lore erzählt derweil Franzi, wie es zur Freundschaft mit Olaf kam und wie Paul von Olaf auf einer Milonga vor einem eifersüchtigen Argentinier beschützt wurde. Auch dass Paul damals eine andere Freundin hatte, die Marie. Franzi wird hellhörig, denn an den Namen Marie kann sie sich noch gut erinnern. Hans und Paul haben sich ja im vergangenen Jahr auf dem Friedhof in einem südfranzösischen Dorf kennengelernt. Ob es etwa diese Marie war, zu deren Todestag sich Pauls Freunde und Bekannten dort trafen? Ja, und ohne das schlimme Schicksal dieser Frau hätten sich Hans und Paul nie kennengelernt.

Über das Stichwort Milonga kommen sie auch auf den Tango zu sprechen. Lore, die Erfahrenere, gibt Franzi einige Tipps, sozusagen von Tänzerin zu Tänzerin. Leider seien Hans und sie in letzter Zeit nicht zum Üben gekommen, bedauert Franzi.

»Das könnten wir doch heute Abend nachholen! Ich kann dich führen. Hast du Lust?«

»Ja scho, aber der Max?«

»Wir werden immer wieder nach ihm sehen und stellen die Musik nicht so laut.«

Es geht zünftig zu in der Schwemme, als die beiden Männer hereinkommen. »Ihr hobts fei a Glück, dass der Tisch no frei is.« Maria, Franzis Kollegin, geleitet sie zu Hans' Stammtisch und räumt die Gläser ab, die von den vorherigen Gästen stehen geblieben waren. Hans wundert sich über das gut besuchte Bräuhaus, wo doch Wiesnzeit ist. Am Tisch neben ihnen sitzt eine Gruppe von Männern in ihren Trachten in aufgeräumter Stimmung. Es ist nicht ihre erste Runde, die sie bei Maria grölend bestellen. Diese verdreht ihre Augen mit einer leichten Kopfdrehung zum Nachbartisch, als sie Hans und Paul die Getränke hinstellt. Gerade als sie anstoßen wollen, kommt Olaf herein und sieht sich suchend nach ihnen um. Paul, der mit Blick zum Eingang sitzt, winkt ihm zu. Hans ist von Olafs Erscheinung beeindruckt. Hinter diesem gutgeschnittenen Anzug verbirgt sich geballte Kraft. Seine Augen strahlen Intelligenz aus, sein Blick Präsenz. Sein Kopf ist kahlrasiert. Paul stellt die beiden einander vor.

»Bitte ein Mineralwasser!«, ruft Olaf, als Maria am Tisch vorbeigeht.

»Mit oder ohne?«

»Ohne, bitte!«

Ein Mann vom Nachbartisch stupft den andern an: »Host as mitkriagt, wos der Preiß mit der Glatzn bschtellt hod?«

»Na, wos?«

»Bitte ein Mineralwasser!«

»Mit oder ohne?«, grölen die andern.

»Ohne, bitte!«, wiederholen sie im Chor und stoßen mit ihren vollen Weizengläsern an.

»Seid ihr sicher, dass wir im richtigen Lokal sind?« Olafs Frage ist mehr an die Adresse von Hans gerichtet.

»Es tut mir leid, Olaf, eine solche Situation habe ich hier noch nie erlebt. Ich schlage vor, dass wir austrinken und anschließend zu uns gehen.« Hans ist es äußerst peinlich, dass sein Gast zur Zielscheibe von betrunkenen Proleten geworden ist. Nach seiner Einschätzung ist ein Ende dieser Provokationen nicht zu erwarten, denn die Männer am Nachbartisch kommen immer mehr in Fahrt, je höher der Alkoholpegel steigt.

»Danke für den Vorschlag, aber lassen wir uns von denen nicht stören! Wie geht es dir denn mit deinem Sohn? Du und Paul, ihr seid doch bis vor Kurzem noch Singles gewesen. Paul hat inzwischen geheiratet, du hast eine Familie gegründet und ich bin der einzig verbliebene Junggeselle unter uns. Mit welchen Argumenten könntet ihr mich überzeugen, meinen Status zu ändern?«

»Das ist keine Frage von Vor- und Nachteilen einer Beziehung. Wenn du die Richtige gefunden hast, stellt sie sich nicht mehr.« Paul zumindest dürfte in Lore die Richtige gefunden haben.

»Ich stimme Pauls Sichtweise zu. Wenn jemand die Frau seines Lebens gefunden hat, entwickelt sich eine Eigendynamik, die, wie mir scheint, einen auf einen Weg bringt, der vom Schicksal vorbestimmt ist, was Komplikationen aber nicht ausschließt.« Hans reißt damit ein Reizthema an: Determination oder freier Wille.

»Hans, ich bin einer Meinung mit dir. Doch stelle ich mir die Frage: Führt mich mein Schicksalsweg ins Lebensglück?«, hakt Olaf nach. Hans fühlt sich in die Zeit mit seinem Freund Richard zurückversetzt und befindet sich nun ganz in seinem Element.

»Nicht zwangsläufig. Letztendlich können wir das nur rückblickend erkennen. Wenn man von einer längeren Zeitspanne ausgeht, kann das Schicksal, ungeachtet unserer persönlichen Wunschvorstellungen, sein Ziel anvisieren«, erwidert Hans.

»You can't always get what you want
But if you try sometimes well you might find
You get what you need … "
Halten wir es doch so, wie Mick Jagger es damals in die Welt geschrien hat.« Damit holt Olaf die Rolling Stones mit an den Tisch.

»Was bleibt uns anderes übrig? Wie du immer gesagt hast, zeigt uns das Leben die notwendige Richtung. Diesen Weg zu erkennen und zu erspüren, ist doch unsere Aufgabe!«, meint Paul.

»Schade, dass ihr nicht in München lebt, ich werde euch vermissen!«

Die Männer vom Nachbartisch haben aufmerksam zugehört. Die Diskussion der drei Freunde provoziert ihr einfach gestricktes Denken. Sie können das nicht ertragen.

»Du Sepp, i ko des Geschwafl von de Preißn nimmer ertrogn. Mir wiad schlecht, wenn i des hör.«

»Do host recht, schmeiss eam mit da Glatzn doch aussi!«

»Des muest du erledign, du bist da Chef!« Sepp, das Alpha-Tier, ist sich seiner Führungsrolle in der Gruppe bewusst und sieht sich nun in der Pflicht.

»Wenn's weida nix is … « Sepp steht auf, nimmt sein nahezu volles Weizenglas in die Hand, dreht sich zu Olaf um und schüttet es bis zur Hälfte in seinen Schoß. Seine Spezeln klatschen grölend Beifall und muntern ihn auf, weiterzumachen.

»Der brachert a Haarwuchsmittel a no!« Mit Triumph-gehabe kommt Sepp bereitwillig auch dieser Forderung nach und schüttet das restliche Bier auf Olafs Kopf. Dann dreht er sich zu seinen Saufgenossen und zeigt ihnen in stolzer Siegerpose sein leeres Glas. Olaf, der sich zuerst nicht gerührt hatte, steht blitzschnell auf, zieht dem erstaunten Sepp seine Hosenträger in den Rücken und fesselt damit seine Hände. Das Weizenglas kracht auf den Boden und zersplittert in tausend Scherben. Als Olaf dann auch noch dessen Hose packt und sie, zusammen mit der Unterhose, bis zu den Füßen hinunterzieht, reißen die Knöpfe, mit denen die Hosenträger befestigt sind, ab und gesellen sich zu den Glassplittern. Sepp ist starr vor Schreck. Seine Augen hat er weit aufgerissen, sein Mund ist ungläubig geöffnet, als Olaf ihn unter den Achselhöhlen packt und ihn wie eine Skulptur auf den nächstbesten Stuhl stellt. Die weiblichen Wirtshausgäste reagieren aufschreiend oder drehen sich verschämt weg. Anfangs noch schockiert trauen sich jetzt auch einige Männer zu lachen, während Sepps Spezeln wiehern und mit ihren Fäusten auf den Tisch trommeln, dass die inzwischen leeren Weizengläser drohen, ihr Gleichgewicht zu verlieren. Denn sie haben eine Entdeckung gemacht! Auf der Innenseite von Sepps blassem Oberschenkel prangt ein Tattoo, das sie in ihrem Suff zu entziffern versuchen. Der Schorsch hat noch die besten Augen von allen und liest, sich vor Lachen schüttelnd, vor:

I love you Kreszentia

Jetzt sind sie nicht mehr zu halten – sie wiehern, meckern, schnappen nach Luft und strecken ihre Arme nach dem Tattoo aus. Ihre Zeigefinger deuten zielsicher auf die Worte, die Sepp sich in Liebe und unter Schmerzen für seine Zenzi hat eintätowieren lassen. Der Tobi entdeckt dabei als erster Sepps winzigen Schniedel. Mit vorgehaltener Hand flüstert er dem Schorsch zu: »Sigst a den kloanen Zipfl? Koa Wunder ned, dass es de Zenzi mit am Postbotn hod.« »Na, i sig nix. Moanst ned a, da Sepp is a Madl?«

Die Gläser kommen erneut ins Schwanken, fallen um und zerbersten, während der arme Sepp mit letzter Anstrengung um sein Gleichgewicht kämpft. Er kann nur noch lallen, als er seine Kameraden beschimpft: »Ihr Deppn, ihr Hirnfotzigen! So huifts ma doch. Ja Himmisakra.« Seine Hände versuchen, sich aus der Fesselung zu befreien. Doch eher kippt er vom Stuhl, als dass er sie frei bekommt.

Hans, der sich wie seine Freunde zurückhält, als ob ihn dieses Schauspiel nichts anginge, fragt sich, warum sich die Kameraden vom Sepp nicht fremdschämen. Es ist anscheinend eine zivilisatorische Errungenschaft, die diese Art von Mitgefühl hervorbringt. Aber es ist sicher in diesem Fall dem Alkohol zuzuschreiben, der diesen mitfühlenden Anteil im Menschen zuallererst betäubt. Hans hat in früheren Jahren diesbezüglich genügend Erfahrungen am Ballermann gesammelt.

Derweilen macht sich Maria hübsch, und zwar für die beiden gutaussehenden Männer, die bei Hans am Tisch sitzen. Sie überprüft ihr Aussehen vor dem Toilettenspiegel, zieht ihre Lippen nach und zupft ihre Haare zurecht. Doch sie muss die Bemühungen um ihre Attraktivität abrupt beenden, weil sie Tumulte aus der Schwemme wahrnimmt. Hastig legt sie den Lippenstift in ihr Täschchen zurück und eilt aus der Toilette.

»Ja Herrschaftszeitn, spinnts ihr?« Aufgebracht schaut sie auf die Szene, die sich vor ihren Augen abspielt. So hatte sie sich immer die Geschichte von Sodom und Gomorra vorgestellt, von der ihnen der Pfarrer im Kommunionsunterricht aus dem Alten Testament vorgelesen hat. Entschlossen zieht sie ein Tischtuch von einem der unbesetzten Tische herunter und wickelt es dem armen

Sepp wie einen Sarong um die Hüften. Jetzt endlich kommt auch Svoboda daher, der Maria hilft, den Sepp vom Stuhl herunterzuholen. Svoboda zieht ihm die Hosen hoch, während Maria seine Hände befreit und ihn wieder einigermaßen herrichtet, wie eine Mutter ihren Buben, nachdem er Pipi gemacht hat. Alle Augen im Lokal sind auf diese drei gerichtet. Sepp, vermutlich für sein restliches Leben traumatisiert, bewegt sich wie eine ferngesteuerte Marionette auf den Eingang zu und verlässt das Paulaner.

An allen Tischen wird über den Vorfall diskutiert. Mit »Hollereiduliö« schmettert Tobi einen Jodler in den Raum. Hans ruft die Bedienung, weil er zahlen möchte. Maria beeilt sich – sie möchte doch einen guten Eindruck bei den Männern, die ihr so gut gefallen, hinterlassen.

»Entschuldigens bittschön, des kimmt oamol in hundert Jahr' vor.« Sie weiß nicht, ob sie lieber Paul oder Olaf in die Augen schauen will. Von Hans erhält sie das Geld.

»Kein Problem, in Berlin erleben wir das jeden Tag.« Der charmante Paul will Maria durch seine Bemerkung entlasten. Die drei erheben sich und gehen nach draußen. Auf dem Vorplatz entdecken sie den Sepp, wie er verstört zwischen den geparkten Autos umhertorkelt. Als dieser für einen Moment seinen schwer gewordenen Kopf anhebt, entdeckt er Olaf, seinen Peiniger, und bewegt sich im Zickzack auf ihn zu. Seine gelallten Worte drücken Hass aus, unbändigen Hass: »Du Deifi, jetzad moch i di fertig!« Olaf fängt den ungelenken Schlag, der ihn treffen sollte, geschickt ab und verdreht den angreifenden Arm in Sepps Rücken, so dass dieser in die Knie geht. Er wimmert vor Schmerz und erbricht sich. Der kleine Finger seiner rechten Hand zeigt unnatürlich nach oben.

Die drei gehen ihres Wegs und überlassen Sepp seinem Schicksal. Seine Spezeln sollen sich um ihn kümmern. Doch noch vor ihrem Erscheinen kümmert sich ein Hund um ihn, der sich von seinem Herrchen abgesetzt hat. Er, ein stolzer Dobermann, schnuppert kurz an dieser erbärmlich aussehenden Kreatur, die vor ihm am Boden liegt, stellt fest, dass ihm der Geruch zuwider ist, entfernt sich, schnuppert weiter an einem Laternenmast und hebt sein Bein.

Doch Sepps Kameraden lassen sich Zeit. Nach der Aufforderung von Svoboda, umgehend das Lokal zu verlassen und sich nie wieder blicken zu lassen, stehen sie auf und formieren sich hintereinander in einer Reihe. Schorsch nimmt wie selbstverständlich die Rolle des Kommandanten ein, zu Recht, wie er meint, und stellt sich an die Spitze des Zuges.

»Stillgestanden!« Tobi und die beiden anderen nehmen Haltung ein, so wie sie es bei der Bundeswehr gelernt haben.

»Im Gleichschritt – Marsch!«, befiehlt Schorsch. Der ehemalige Unteroffizier hebt den rechten Arm und dirigiert das Lied, das er jetzt anstimmt: »Ja, mir san mit'm Radl da – ja, mir san mit'm Radl da … « Und die andern drei stimmen im Bariton ein.

Kurz vor dem Ausgang heißt es dann: »Links – um!«

Das Quartett, das ursprünglich ein Quintett war, verlässt das Paulaner. Auf dem Vorplatz folgen die nächsten Befehle: »Abteilung – Halt!« und »Rührt euch!« Ihr Lied stockt an der Stelle »san mit'm Ra … «, als sie ihn entdecken, den Sepp, wie er in einer Lache von Erbrochenem liegt und winselt. So tief musste er sinken, um endlich ihr Mitgefühl zu wecken.

»Ja Sepp, wia schaugst du denn aus?« Doch der Sepp ist nicht in der Lage, sich zu artikulieren. Mit vereinten Kräften heben sie ihn hoch und müssen ihn stützen. Einer von ihnen zieht sein Taschentuch aus der Hosentasche und wischt ihm das verschmierte Gesicht ab, wie einem Kind nach einem Nutellabrot.

»Schauts her, der hod an Finger brochn!« Sie beugen sich vor und begutachten Sepps rechte Hand, an welcher der kleine Finger absteht wie bei einer gut situierten Dame, die ihre Teetasse aus feinstem Porzellan anhebt. Aber der Sepp ist weit davon entfernt, eine feine Dame zu sein, so muss sein Finger also doch gebrochen sein. Der Schmerz treibt ihm die Tränen in die Augen. Und als Tobi, der als Einziger von ihnen einen Erste-Hilfe-Kurs absolviert hat, ihn untersuchen will, zieht Sepp ängstlich seinen Arm zurück.

»Mia miassn eam in a Krankenhaus bringa!« Keinem fällt eine bessere Lösung ein und Sepp wird gar nicht erst gefragt.

»Am Goetheplatz stenga Taxis.« Die beiden kräftigsten unter ihnen nehmen den Sepp in ihre Mitte und packen ihn an den Oberarmen. Aber es ist mühsam mit dem Sepp; er lässt sich hängen, so schwach ist er. Die beiden anderen gehen schon einmal voraus. Es ist nicht weit zum Goetheplatz, sie müssen nur die Häberlstraße in ihrer ganzen Länge schaffen. Wenn sie wüssten, dass nur ein Steinwurf von ihnen entfernt ihr Widersacher gerade zusammen mit Hans und Paul die Treppen zu Franzis Wohnung hinaufsteigt.

Am Taxistand muss hart verhandelt werden, denn Taxifahrer sind allergisch gegenüber betrunkenen Fahrgästen. Und als sie dann noch den malträtierten Sepp sehen, schütteln sie erst mal ablehnend ihre Köpfe. Erst als der Schorsch mit zwei Scheinen winkt, verwandelt sich das Schütteln in ein Nicken und zwei Taxis machen sich auf den Weg ins Klinikum Schwabing.

Als die drei Männer das Treppenhaus geschafft haben und Hans die Wohnungstür öffnet, überraschen sie die beiden Frauen bei ihren Yogaübungen. Lore besucht seit Jahren Kurse in ihrem Viertel und Franzi hat durch die Schwangerschaftsgymnastik auch schon Erfahrung darin. Die beiden lassen sich Zeit, um ihre Übung zu beenden. Sie machen den Eindruck, als würden sie fest in sich ruhen.

Lore stellt Franzi den ihr noch unbekannten Olaf vor und entdeckt dabei die Bierflecken auf seinem Anzug.

»Meine Güte, Olaf, wie siehst du denn aus?«

»Du solltest erst mal den andern sehen, wie der ausschaut!« Pauls Andeutung macht die Frauen neugierig.

»Habts a Schlägerei ghabt?«, fragt Franzi. Immerhin bedient sie im Paulaner.

»Das ist eine längere Geschichte, die erzählen wir

euch nachher beim Wein«, verspricht Hans und macht es spannend.

»Franzi, hast du für Olaf einen Pyjama? Ich muss seinen Anzug säubern.«

Kurz darauf sitzt Olaf in Hans' Schlafanzug auf der Couch, während Lore seine Kleidung im Bad reinigt. Trotzdem muss der Anzug in die Reinigung, aber fürs Erste …

Franzi kommt mit Max, der inzwischen aufgewacht ist, ins Wohnzimmer. Olaf möchte ihn gerne halten. Und gleich darauf liegt er in seinen Armen. Max schaut ihn mit großen Augen an. Dieses Gesicht, so unscharf es ihm erscheint, ist ihm irgendwie fremd und irritiert ihn. Lore kommt aus dem Bad und beugt sich über Max. Ihr Gesicht ist ihm inzwischen vertraut. Als Lore mit sanften Worten zu ihm spricht, lächelt er und entspannt sich in Olafs kräftigen Armen.

Währenddessen telefoniert die besorgte Franzi mit Svoboda und fragt ihn, was denn passiert sei. Hans öffnet eine Weinflasche, Lore stellt die Gläser auf den Tisch. Max hat sich mittlerweile an Olaf gewöhnt und schläft wieder ein. Es ist erstaunlich zu sehen, wie zärtlich Olaf mit ihm umgeht, obwohl er eine Stunde zuvor dem Sepp einen Finger gebrochen hat. Franzi kehrt nachdenklich vom Telefonat zurück und sagt nichts, weil sie die harmonische Stimmung nicht gefährden möchte. Deshalb bleibt dieses Thema zunächst tabu und wird auf den nächsten Tag verschoben. Stattdessen unterhalten sie sich über das Thema Tango. Morgen Abend wollen die

Männer eine Milonga besuchen. Olaf erzählt von seinem Interesse am Tango Argentino. Erst vor Kurzem hatte er in einer Berliner Tango-Tanzpartnerbörse inseriert und daraufhin eine Zuschrift erhalten.

»Habt ihr euch schon einmal getroffen?«, fragt Paul.

»Nein, wir sind nächste Woche verabredet.«

»Dann wünschen wir dir viel Glück! Das braucht man bei Tangopartnern. Warum hast du dich eigentlich so spät für den Tango entschieden? Du warst doch damals so begeistert, als du Marie und mich auf eine Berliner Milonga begleitet hast.«

»Das lag an meinen Arbeitszeiten. Ich konnte regelmäßige Termine nie wahrnehmen. Jetzt habe ich in der Firma eine Stelle als Koordinator.«

»Was bist denn von Beruf?«, fragt ihn Franzi.

»Personenschützer.«

»Also an Bodyguard?«

»So kann man's auch nennen.«

»Und jetzt beschützt du unsern Max. Des wird aber teuer!«

»Nein, keine Angst, ich bin in meiner Freizeit und Max ist ja auch nicht hochgradig gefährdet.«

»Inzwischen muss sich Olaf selbst beschützen. Er als Preuße befindet sich hier in Bayern auf feindlichem Terrain. Deinen Anzug kannst du übrigens wieder anziehen, Bierflecken kann man leichter entfernen als Rotweinflecken.« Lore kennt Olaf länger als Paul und ist sehr vertraut mit ihm.

»Danke Lore! Darf ich dir Max übergeben?«

»Aber gerne!«

Olaf zieht sich um, bedankt sich herzlich bei seinen Gastgebern und verabredet sich mit Paul und Lore für den nächsten Tag. Sie wollen gemeinsam das Oktoberfest besuchen.

Nachdem sich Olaf verabschiedet hatte, lassen die beiden Paare den Abend gemütlich ausklingen. Franzi hält sich immer noch mit der Frage zurück, was sich da im Paulaner genau zugetragen hat; sie will Hans danach fragen, wenn sie unter sich sind.

Die Frauen haben nichts gegen den Wunsch der Männer einzuwenden, nach dem Abendessen eine Milonga zu besuchen. Sie stellen nur die eine Bedingung, dass sie sich anständig benehmen und sie sich keine Sorgen um sie machen müssen. Das wird hoch und heilig versprochen, man ist schließlich die Unschuld in Person. Die Frauen haben sich in ihrer weiblichen Rolle eingerichtet, die sich nicht nur auf Max bezieht.

Das Lokal, in dem die Milonga stattfindet, liegt am Altstadtring. Hans und Paul müssen lediglich eine Station mit der U-Bahn fahren. Die letzten Meter vom Sendlinger Tor aus können sie zu Fuß gehen. Beinahe hätten sie die Passage verfehlt, die in einen Hinterhof führt. Doch von nun an erinnert sich Hans wieder daran, wo sie langgehen müssen. Ein Aufzug bringt sie zur richtigen Etage. Beim Öffnen der Tür hören sie schon, dass sie hier richtig sind. An der Kasse wird Hans von Paul eingeladen. In der Garderobe zählen sie nur wenige Schuhpaare. Olaf ist bereits vor ihnen angekommen und erwartet sie an einem der kleinen runden Stehtische –

vor ihm das obligatorische Mineralwasser. Hans besorgt an der Bar zwei Gläser Rotwein. Ein Paar tanzt verloren auf der geräumigen Tanzfläche. Olaf, der mit dem Tangotanzen liebäugelt, beobachtet sie.

»Wie findest du die beiden?«, fragt ihn Paul.

»Ich habe schon Paare besser tanzen sehen. Sie tanzt gut, aber seine Körperhaltung gefällt mir nicht.«

»Er ist nicht aufgerichtet, die Körperspannung fehlt. Er schließt seine Beine nicht und spult eine Figur nach der anderen ab, ohne auf die Musik einzugehen.« Paul erkennt das auf den ersten Blick.

»Im Laufe des Abends werden noch bessere Tänzer kommen, an denen kannst du dir dann ein Beispiel nehmen.«

»Was wäre noch zu beachten?«, fragt Olaf hochmotiviert.

»Das kannst du gerade bei diesem Paar erkennen und das ist typisch für dieses Niveau. Sie tanzen in geöffneter Haltung, wobei die Gefahr besteht, dass sich ihr Brustbein verschiebt, und außerdem stehen sie bei bestimmten Figuren nebeneinander.« Paul ist in seinem Element, hatte er doch vor mehr als zehn Jahren seinen Tangolehrern dieselben Fragen gestellt.

»Erhält Olaf heute seine erste private Tangostunde?« Hans gesellt sich zu den beiden und stellt die Rotweingläser ab.

»Ja, wir beginnen heute mit der Theorie. Dazu gehört auch der Anschauungsunterricht.«

»Du meinst dieses einsame Paar auf der Tanzfläche? Willst du Olafs Tangokarriere gleich von Anfang an ruinieren?« Paul lacht über diese Frage.

»Es ist eine gängige didaktische Variante in der pädagogischen Praxis, den Unterricht mit Negativbeispielen zu beginnen. Anschließend folgen die positiven Beispiele. Wir werden später deinen Tanzstil kritisch unter die Lupe nehmen.«

»So, so. Heißt es nicht, zuerst die guten Nachrichten, dann die schlechten?«

»Ja, schon, aber die guten Beispiele stehen uns momentan noch nicht zur Verfügung. Also warten wir auf deinen Einsatz!«

»Kommt schon noch, wenn die passenden Tänzerinnen da sind. Lasst uns erst einmal anstoßen.«

»Auf unsere Freundschaft, auf eure wunderbaren Frauen und Max, den ich in mein Herz geschlossen habe!« Nach Olafs Trinkspruch stoßen die drei Männer an und ahnen in diesem Moment nicht, dass ihre Freundschaft von längerer Dauer sein wird als manche Ehe.

»Lieber Olaf, gerade kommt mir der Gedanke und ich traue mich, dich zu fragen: Möchtest du Max's Taufpate werden?«

In der Zwischenzeit herrscht Gedränge in der Garderobe. Paul beobachtet die neuen Gäste, die hereinkommen, während sich Olaf Hans' Bitte durch den Kopf gehen lässt.

»Ist das dein Ernst, Hans? Ich meine, wir kennen uns kaum und mit Franzi solltest du ja auch noch darüber reden. Bedenke, dass ich in Berlin lebe, Preuße bin, auch noch ledig dazu! Das sind immerhin Kriterien, die eigentlich gegen eine Patenschaft sprechen.«

»Das spielt keine Rolle, Olaf. Auch wenn ich im Grunde genommen ein Kopfmensch bin, habe ich diese Frage aus dem Bauch heraus gestellt. Und ich wiederhole sie noch einmal: Möchtest du der Patenonkel von Max werden?«

»Ja, gerne, wenn Franzi damit einverstanden ist. Okay?«

Beide schauen sich lächelnd in die Augen und nicken. Und Hans bestätigt: »So soll es sein – danke, Olaf!«

Paul hat sich etwas von den beiden abgewandt. Es ist einfach spannend, welche Frauen in ihrer Nähe Platz nehmen. Besonders eine attraktive Tänzerin, elegant in einem tiefroten, eng geschnittenen Satinkleid, fasziniert ihn. Eine Dame unter den Frauen!

Als sich seine und Hans' Blicke treffen, zeigt er mit dem Kinn zu ihr. Hans dreht sich um und erstarrt!

»Mein Gott, das ist, das ist … «, fährt es ihm wie ein Blitz durch den Kopf und fast unhörbar kommt aus seinem Mund: »Isabel!«

Es ist ein Moment, in dem die Welt stillzustehen scheint, als ob alle Ampeln dieser Erde auf Rot geschaltet hätten.

Bis nach einer gefühlten Ewigkeit der DJ mit einem Mausklick »Besame Mucho«, seine Cortina, spielt. Dann entdeckt sie ihn – ihn, auf den sie an diesem, ihrem einzigen Abend in dieser Stadt gehofft hatte. Ihre Blicke treffen sich. Erstaunt, den Atem anhaltend, ist sie für Sekunden ohne Regung. Andrea Bocelli löst ihre Erstarrung:

Bésame
Bésame mucho
Como si fuera esta noche la última vez
Bésame
Bésame mucho
Que tengo miedo a pererte
Perderte después

Isabel und Hans. Sie fliegen aufeinander zu, wissend, dass dieses Lied nur für sie gesungen wird. Eine allerletzte Begegnung, bevor sie ihr Schicksal für immer trennen wird? Ein kurzer Moment vor ihrer Verschmelzung noch ein tiefer Blick, eine Berührung der Hände und ein Küsschen, dann die innige Umarmung. Hans' Sinne explodieren vor Lust. Ihr Duft! Ihre samtene Haut! Der Wohlklang ihrer Stimme!

»Hans, mio caro Hans!«

»Isabel!«

Mehr müssen sie sich nicht sagen, die Banalität der Worte wird ihnen bewusst. Wieder lenkt der DJ, wenn auch unbewusst, die Choreografie ihres Wiedersehens mit »Desde el Alma« von Francisco Canaro. Hans greift nach Isabels Hand, führt sie auf die Tanzfläche und Erinnerungen kommen zurück. Ihr betörender Duft, dazu der geschmeidige Stoff ihres Kleides, lassen seine Hand hinuntergleiten, bis sie am Ansatz ihres Pos Halt findet – wie bei ihrer ersten Begegnung, nicht weit von hier.

»Du bist in München, warum?« »Hier ich haben meine Pianisten getroffen, haben Lieder geprobt für eine neue Programm.« In ihrem Glück sind sie ganz bei sich und bemerken nicht, dass sie beobachtet werden. Olaf kommt aus dem Staunen nicht mehr heraus, so hatte er Hans nicht eingeschätzt. Paul hingegen erinnert sich, als Hans ihm zu Beginn der Freundschaft sein Herz ausschüttete und ihm von einer Isabel erzählte, die ihn fasziniert und von der er nicht loskommen kann. Ob sie es ist, mit der er gerade tanzt? Paul muss an Marie, seine Traumfrau, denken. Er ist an seiner Zerrissenheit fast zugrunde gegangen, noch mehr aber hat Lore darunter gelitten. Hans befindet sich offenbar in einer vergleichbaren Situation; möglicherweise verstehen sie sich deshalb so gut. Sie sind ähnliche Charaktere. Er muss mit ihm reden. Hans darf seine junge Familie nicht durch diese Frau gefährden.

Der DJ bleibt bei seinem traditionellen Repertoire. Er spielt während dieser Tanda ausschließlich gesungene Vals', gespielt vom Orchester Canaro mit der schmachtenden Stimme von Roberto Maida. Hans und Isabel verharren auch in den kurzen Pausen zwischen zwei Stücken in enger Umarmung, als ob sie sich nie wieder loslassen wollten. Statt miteinander zu reden liebkosen sie sich, obwohl sie sich so viel zu sagen hätten.

Olaf holt Paul mit einer Frage aus seinen Gedanken ins Geschehen zurück. »Welches Paar könnte uns nun als positives Beispiel dienen? Die Tanzfläche hat sich inzwischen gefüllt und es sind einige gute Tanzpaare dabei – das kann sogar ich als Laie feststellen.«

»Lass uns doch Hans und seine Partnerin betrachten! Es ist nicht zu übersehen, dass sie ein eingespieltes Paar sind, denn sie tanzen wie aus einem Guss. Dazu kommt die Optik. Hans trägt einen dunklen Anzug mit weit geschnittener Hose. Die Ästhetik ist ihm wichtig, er würde nie in einer engen Jeans Tango tanzen. Das kannst du auch an seiner Körperhaltung erkennen. Er ist aufgerichtet, voller Körperspannung, hat seine Schultern zurückgenommen, sein Oberkörper ist stabil wie ein Fels und doch drehfreudig. Er schließt seine Beine, behält seine Sohlen am Boden und was sehr wichtig ist, sein Brustbein ist mit dem ihrigen stets verbunden.« »Ja, gefällt mir gut, wie er tanzt. Und sie, seine Partnerin, was kannst du über sie sagen? Eine außergewöhnliche Frau übrigens!« »Da muss ich dir recht geben. Hans ist zu beneiden.« »Da bin ich mir nicht so sicher, wenn ich an seine Frau zu Hause denke.« Auch Olaf hat sich so seine Gedanken gemacht. Doch Paul möchte diesen Ball nicht aufnehmen, sondern seinen theoretischen Unterricht fortsetzen. »Sie ist perfekt. Eine schöne, elegante und reife Frau mit erlesenem Geschmack, wie du sehen kannst.« »Eine gefährliche Frau.« »Du denkst doch nicht an eine Femme fatale?« »Nein, das will ich ihr nicht unterstellen. Die Gefahr, die ich meine, bezieht sich ausschließlich auf unseren Freund Hans.« »Vielleicht lernen wir sie noch kennen. Sieh doch die Eleganz ihrer Beinbewegungen, der aufgerichtete Oberkörper, die stolze Haltung ihres Kopfes und vor allem ihre Mimik. Ich möchte darauf wetten, dass sie eine Ballettausbildung gehabt hat und aus sehr guten Kreisen stammt. Alles an ihr wirkt vornehm, vielleicht sogar aristokratisch. Ich muss zugeben, dass ich immer neugieriger auf sie werde.« »Möchtest du nicht auch tanzen? Ich will dich nicht davon abhalten.« Paul hat sich längst für eine Tänzerin entschieden, die er auffordern möchte. Ein erfahrener Tangotänzer wie er hat einen geschulten Blick für das passende Gegenüber. Sie, Mitte vierzig, brünette halblange Haare, schwarze Leggins, dazu eine weinrote Bluse, sitzt zwei Tische weiter. Er will nur noch die nächste Tanda abwarten.

Olaf hat ihn und Hans im Blick. Diese Szenerie fasziniert ihn, hat er das alles doch noch vor sich. Aber es geschieht etwas, womit er überhaupt nicht gerechnet hatte. Er wird zum Tanz aufgefordert. Doch mit großem Bedauern muss er dieser freundlichen Dame einen Korb geben und begründet dies damit, dass er noch nicht tanzen kann. Olaf bittet sie an seinen Tisch und sie nimmt dankend an.

Paul erhebt sich bei den ersten Takten des Tangos »Malena« und geht auf seine Auserwählte zu. Er hat Glück. Sie nimmt nicht nur gerne an, sondern tanzt auch noch gut. Wie er ist auch sie zu Besuch in München. Aus seinen Augenwinkeln heraus sieht Olaf nebenbei, wie Isabel Hans zu ihrem Tisch führt. Dann widmet er seine ganze Aufmerksamkeit wieder seiner neuen Bekanntschaft. Später, als sie sich verabschieden, steht er auf und reicht ihr seine Hand. Doch sie übersieht diese, stellt sich auf die Zehenspitzen, gibt ihm ein Abschiedsküsschen und dazu noch ihre Visitenkarte. Man weiß ja nie …

Als sie beieinandersitzen, nimmt Isabel gleich ihr Smartphone aus der Handtasche. Kurz darauf zeigt sie ihm das Display. »Das meine kleine süße Tochter!« Der Stolz einer frischgebackenen Mutter strahlt aus ihrem Gesicht. Hans ist überwältigt, auch wenn er es geahnt hat. Der ganze Trubel um Max hat ihn einfach vergessen lassen, dass er möglicherweise zuvor schon Vater geworden war.

»Sie ist so schön wie du … hat aber blonde Haare!« »Das sie hat von ihre Vater.« Isabel schaut ihn schelmisch an. »Aber dein Mann hat doch schwarze Haare!« »Paolo nicht ihr Vater.« »Wer dann?« Hans kennt bereits die Antwort. Er ist hin- und hergerissen und will es aus ihrem Munde hören. »Du Carlottas Vater, mio caro!« Isabel gibt ihm einen zärtlichen Kuss. Hans lässt es sprachlos geschehen. In solchen Situationen ist er hilflos. Aber jetzt sollte eine Reaktion von ihm kommen …

»Ich kann es nicht glauben«, sagt er mehr zu sich selbst. »Was tun wir jetzt?« Seine Frage ist an Isabel gerichtet. Nicht dass Hans unglücklich über diese Nachricht wäre – er fühlt sich einfach überfordert mit allem. »Du dich nicht freuen, Hans? Du haben eine süße Tochter! Du nichts tun müssen. Paolo nichts wissen. Tutto bene!« Sie legt ihre Stirn an seine. »Bitte versteh' mich! Das ist ein bisschen viel auf einmal.« Als er ihr dann in die Augen schaut, kann er sich öffnen und erzählt ihr alles, was in der Zwischenzeit geschehen ist – vor allem die Heirat mit Franzi und die Geburt von Max. Isabel hatte nie darauf spekuliert, mit Hans eine Lebensgemeinschaft zu gründen, und kann sich daher über diese Nachricht freuen. »Du haben Fotos von deine Frau und deine Sohn?« Hans, erfreut über die Unkompliziertheit von Isabels Wesen, sucht sein Smartphone. Beim Tanzen trägt er es immer in seiner linken Hosentasche, damit es nicht drückt. Er holt es hervor. Ein paar Bewegungen mit seinem Daumen, dann kann er Isabel seine Familie zeigen. »Deine Frau und deine Sohn?« Hans nickt und öffnet stolz die Fotogalerie seines Smartphones. »Deine Frau ist schön und deine Sohn so süß!« In diesem Moment erkennt Hans, dass er Isabel für immer verloren hat. Hat er einen Fehler gemacht – oder auch nicht? Im Grunde genommen hat ihn das Leben reich beschenkt. Nur, wie kann er seine Tochter kennenlernen, wenn seine Vaterschaft geheim bleiben soll? Während Hans in sich gekehrt seinen Gedanken nachhängt, treten Paul und Olaf an seinen Tisch. Er hatte ihr Näherkommen nicht bemerkt, so sehr war er auf Isabel konzentriert.

»Entschuldige, Hans, wir wollen nicht stören, aber unsere Frauen verlangen nach uns. Wir sollten bald aufbrechen.« Paul hat Hans, der aufsteht, wieder in die Realität zurückgeholt. »Darf ich euch Isabel vorstellen? Wir haben uns vor über einem Jahr auf einer Milonga hier in München kennengelernt.« Zu Isabel gewandt: »Das sind meine Freunde, Paul und Olaf aus Berlin.« Der Milonga erfahrene Paul begrüßt sie mit Küsschen. Olaf, etwas zurückhaltender, gibt ihr die Hand. »Buona sera«, begrüßt sie beide lächelnd. »Fünf Minuten noch, dann komme ich mit.« Hans bittet sie nicht an ihren Tisch, er möchte die verbleibenden Minuten mit Isabel allein sein. Seine Freunde nicken Isabel zu und gehen in Richtung Garderobe.

Freud zieht Leid nach sich – diese Gegensatzpaare müssen die beiden innerhalb einer Stunde erleben. »Wie kann es mit uns weitergehen? Darf ich meine Tochter sehen?« »Ich kann nicht wissen. Vielleicht du musst nach Bologna kommen.«

Es kommt Hans so vor, als ob ihm gerade alles weggenommen würde, so einsam und verlassen fühlt er sich in diesem Moment. Die Tatsache, dass eine wundervolle Frau, die ihm einen Sohn geschenkt hat, daheim auf ihn wartet, entzieht sich ihm in diesem Augenblick. Sein momentanes Gefühlschaos bezieht sich vor allem auf den Abschied von Isabel – und das nach der Krönung einer Beziehung. Denn sie haben nun ein gemeinsames Kind, das sie ihm aber möglicherweise vorenthalten wird, so zumindest seine Befürchtung. Dunkle Wolken ziehen in seinem Gemüt auf, was ihn lähmt und weshalb er zu keiner Regung mehr fähig ist. »Hans, was du hast?« Isabel ist es nicht entgangen, dass er nicht mehr bei ihr ist. Hans hat sich verschlossen und ist tief in sich gekehrt. Sie nimmt seinen Kopf in die Hände und versucht ihn zurückzuholen. In seinen Augen bilden sich Tränen, die über seine Wangen rollen und sogleich von Isabel zärtlich weggeküsst werden. »Lieber Hans«, leise, aber eindringlich spricht sie zu ihm, »ich dir werde schreiben aus Bologna. Du wirst deine Tochter sehen, ich verspreche!« Isabel dringt endlich zu Hans durch. Ihr aufrichtiger Blick und der feste Druck ihrer Hände helfen ihm, wenigstens ansatzweise ins Leben zurückzukommen. »Ich muss jetzt in meine Hotel gehen, Paolo ist allein mit Carlotta. Und deine Familie wartet auf dich!« Als sie sich vom Stuhl erhebt, steht auch Hans auf. Weder kann er denken noch sprechen, seine Trauer hat ihn blockiert. Alles in ihm sträubt sich, in diesem Zustand Franzi zu begegnen. Unvorstellbar, später vielleicht. Morgen? Einfach nur allein sein, diese Nacht irgendwo in einem

Hotelzimmer verbringen. Nicht dass er damit nicht umgehen könnte, zwei Frauen gleichzeitig zu lieben. Aber er kann nicht so unmittelbar von einer zur andern gehen – wie in dieser einen Nacht mit Isabel in Salzburg, als er nicht in der Lage war, Franzi anzurufen, und stattdessen Carlotta zeugte.

Isabel hat es eilig, in ihr Hotel zu kommen und macht es kurz. »Ich dir schreiben Brief und schicke Fotos. Ciao, Hans.« Eine Umarmung, ein Küsschen, so lässt sie Hans zurück. Sichtlich erleichtert verlässt sie die Milonga.

Sie begegnen sich in der Garderobe. Seine Freunde sehen ihm seinen Zustand an und wissen intuitiv, dass er Hilfe braucht.

Wie ein Häufchen Elend sitzt Hans auf einem Stuhl, unfähig seine Schuhe zu wechseln. Paul überlegt, wie er ihn psychisch aufrichten könnte. Olaf hingegen spürt Ärger in sich aufsteigen und kann sich nicht zurückhalten: »Ich dachte immer, Tangotänzer wären echte Männer und keine Schlappschwänze. Das Bild aber, das du jetzt abgibst, das kotzt mich einfach nur an!« Der so provozierte Hans blickt erstaunt zu ihm auf. »Ja, schau nur und hör gut zu! Ich weiß nicht, was die Frauen an dir finden. Ich an ihrer Stelle würde dir den Laufpass geben.« Olafs Lippen beben. Hans sitzt immer noch erstarrt auf seinem Stuhl, zu keiner Entgegnung fähig, bis er von Olaf am Kragen gepackt, von seinem Stuhl hochgezogen und nach hinten geschleudert wird. Hans stolpert über Schuhe, strauchelt und kracht mit dem Rücken gegen die Garderobenwand. Mäntel, deren Aufhänger reißen, bedecken und schützen ihn vor den neugierigen Blicken der Hereinkommenden, wenn auch nur für einen kurzen Moment. Diese weichen ängstlich zurück und verlassen eiligst die Garderobe.

Olaf wird von Paul zurückgehalten, um Schlimmeres zu verhindern. Niemand der Anwesenden kann erahnen, was gerade in Hans vor sich geht. In ihm, dem sonst eher Sanftmütigen, tobt ein Orkan, denn keiner mag es, gedemütigt zu werden – auch er nicht. Er spürt die unbändige Wut, die sich in ihm breitmacht. Und es ist nicht nur die Wut auf Olaf, die ihn gerade aus seiner Ohnmacht herausholt. Wie ein Geist aus der Flasche steigen Szenen von Demütigungen aus vergangenen Zeiten in ihm auf. Dieser Geist will sich rächen.

Hans spürt den Amokläufer in sich, der Genugtuung verlangt. Er drückt sich mit einem Aufschrei von der Wand ab und stürzt sich nach vorne, dorthin, wo Olaf steht. Mäntel und Jacken fallen von ihm ab. Paul kann sich gerade noch mit einem Schritt zur Seite retten. Olaf wehrt Hans' ungestüme Schläge routiniert ab, erlaubt ihm allerdings, seine Wut an ihm auszutoben. Für Olaf ist dies eine therapeutische Maßnahme, denn er will Hans aus seiner Melancholie herausholen, sodass dieser wieder in der Lage ist, Franzi zu begegnen. Doch das kann sich Hans in diesem Moment noch nicht vorstellen.

Hans gehen allmählich die Kräfte aus. Er keucht, während seine Schläge gegen Olaf langsamer werden und an Kraft verlieren. Er hat das Gefühl, gegen einen Sandsack zu schlagen, und spürt, wie mit jedem weiteren Schlag

Frieden in ihn einkehrt. Schließlich umfasst ihn Olaf mit den Armen und drückt ihn, was für Außenstehende eher wie ein Ringkampf aussehen mag. Hans sieht darin die Möglichkeit, seine allerletzten Kraftreserven zu mobilisieren, bis er völlig erschöpft aufgibt. Eine Weile lang verharren sie so in enger Umarmung. Dann löst sich Olaf von Hans und schaut ihm in die Augen. »Entschuldige, Hans! Aber das musste sein. Kannst du mich verstehen?« Hans hat begriffen und nickt. »Verlasst sofort dieses Lokal und kommt nie wieder! Gäste wie euch wollen wir hier nicht haben.« Eine resolute weibliche Stimme holt sie in die Realität und somit an den Ort des Geschehens zurück. Es gibt keine Diskussionen. Die drei Freunde nehmen ihre Sachen aus der Garderobe und verlassen unter den herzerwärmenden und versöhnlichen Klängen des Tangos »Lo vi en tus ojos« die Milonga. Als sie aus der Passage kommen und auf die Sonnenstraße gelangen, sieht Hans gerade noch, wie Isabel in ein Taxi einsteigt und davonfährt. Wegen seiner Schwäche, die er ihr vorhin gezeigt hat, schämt er sich im Nachhinein – er würde es gerne ungeschehen machen. Ob ihm die Zukunft eine Chance bieten wird, seiner Rolle als Mann doch noch gerecht zu werden? Gemeinsam gehen sie durch die kühle Nacht zum Sendlinger Tor. Dort verabschiedet sich Olaf von ihnen. »Wie geht es dir Hans? Kannst du nach Hause zu deiner Frau gehen?« »Ja, ich freue mich sogar auf sie. Wie konnte ich mich nur so gehen lassen. Danke für deine Unterstützung! Sehen wir uns bei der Taufe von Max?« »Wenn Franzi einverstanden ist, werde ich gerne kommen. Lass dir von Paul

meine Handynummer geben!« »Danke, Olaf, bis bald!«
Dieser verabschiedet sich von seinen beiden Freunden
und geht die Treppe zur U-Bahn hinunter. Hans will
nicht die Lindwurmstraße entlang gehen und schlägt
stattdessen als Rückweg zum Kapuzinerplatz die Mai-
und Tumblingerstraße vor. Paul ist mit diesem kleinen
Umweg einverstanden. Da sie ausnahmsweise einmal
allein miteinander sind, will er die Gelegenheit nutzen,
um Hans ausführlicher von Lore und Marie zu erzählen. Eine Konstellation, die Hans nicht unbekannt sein
dürfte. Während sie in die Stille der nächtlichen Straßen
eintauchen, holt Paul seine Vergangenheit zurück.

»Wie ich dir bereits andeutungsweise erzählt hatte, gab
es auch in meinem Leben eine Traumfrau, wie du sie
vermutlich in Isabel gefunden hast. Marie. Keine Frage,
Lore ist eine wunderbare Frau und ich bin auch sehr
glücklich mit ihr. Doch ich hatte mich damals für Marie entschieden. Und wenn sie nicht verunglückt wäre,
würden wir heute zusammenleben. Kannst du das verstehen?« »Ja, kann ich sehr gut, da ich mich in einer
ähnlichen Situation befunden habe, wie du damals. Ich
habe Isabel einen Heiratsantrag gemacht, als ich sie im
Januar in London getroffen habe, obwohl ich mich kurz
zuvor mit Franzi verlobt hatte. Auch Franzi ist eine wunderbare Frau, die Frau fürs Leben. Jeder der mich kennt,
beneidet mich um sie. Und dennoch – für mich ist Isabel
die Traumfrau, für die ich alles aufgeben würde. Doch
sie hat sich für einen anderen entschieden.«

»Damit ist dir die Entscheidung abgenommen worden.
Bei mir hat das Schicksal ja auch nachgeholfen. Olaf hat

immer gesagt, dass wenn ich mich nicht entscheiden kann, das Leben für mich entscheiden wird – und so ist es dann gekommen.« »Auch ich habe Ratschläge erhalten. Mein Freund Richard hat mir Franzi wärmstens empfohlen. Isabel hingegen sei nur eine Stichflamme und für mein Lebensglück nicht geeignet. Nur ist er sich selbst nicht treu geblieben. Er hat seine Frau wegen einer anderen verlassen, hat Schiffbruch erlitten und ist nach einem Suizidversuch reumütig zu ihr zurückgekehrt.« »Ich frage mich, was eigentlich los ist mit uns Männern? Sind wir denn nicht in der Lage, uns zu entscheiden? Anscheinend wollen wir immer alles mitnehmen, was sich uns bietet, und auf nichts verzichten. Warum müssen wir uns stets vom Schicksal leiten lassen, das uns dieses Entweder-oder aufzwingt statt ein Sowohl-als-auch zuzulassen?«

Hans überlegt, kann aber nichts darauf erwidern. Paul fährt fort.

»Ich weiß es einfach nicht. Ich habe darunter gelitten, noch mehr aber Lore, und das tut mir sehr weh!«

»Dann lass uns schnell heimgehen zu unseren Frauen! Sie warten auf uns. Wir sollten dankbar sein, dass es sie gibt. Übrigens, dort drüben ist Max auf die Welt gekommen.« Hans zeigt auf den Klinikkomplex auf der anderen Straßenseite. Dabei wird er ganz sentimental und so hat er es plötzlich eilig, nach Hause zu seiner Familie zu kommen.

Im Bräuhaus werden die Lichter nacheinander ausgemacht. Maria und Svoboda kommen aus der Tür und verabschieden sich nach einem anstrengenden Arbeitstag. Die beiden entfernen sich in unterschiedliche Richtungen, sie haben Hans und Paul nicht beachtet. Und das ist gut so! Denn an das, was sich tags zuvor an diesem Ort abgespielt hat, wollten die Freunde nicht mehr erinnert werden. Sie lassen Maria, die zur U-Bahn muss, einen Vorsprung von fünfzig Metern, bevor sie ihr im Dämmerlicht der Straßenlaternen folgen. Das Staccato ihrer Absätze hallt an den Häuserwänden der Häberlstraße wider. Paul schaut ihr noch nach, während Hans die Haustür aufschließt.

»Da seid ihr ja endlich, ihr Herumtreiber!« Lore steht gerade in der Diele, als die beiden Männer hereinkommen. »Ihr scheint uns vermisst zu haben. Habe ich recht?« Paul ist in Turtellaune, während sich Hans nach Franzi umschaut. Lore bemerkt seinen suchenden Blick. »Franzi ist bei Max. Ihr habt vielleicht einen hungrigen Sohn! Von wem er das wohl hat?« Lore ist eine wunderbare Frau, denkt Hans und gönnt Paul diese glückliche Fügung des Schicksals. Schon auf dem Heimweg hat er Lust auf Franzis Brüste bekommen und hofft nun, dass sein Sohn inzwischen satt ist. Soweit ist es schon gekommen, dass Vater und Sohn um Franzis Brüste konkurrieren. Er überlässt Lore und Paul sich selbst und schleicht auf Zehenspitzen ins Schlafzimmer. Welch anmutige Szenerie sich ihm offenbart, als er die Tür vorsichtig öffnet: Franzi liegt dösend auf dem Bett, Max mit beiden Armen fest an sich herangezogen. Eine ihrer Brustwarzen wird von seinem Mund gehalten. Er nuckelt aber nicht mehr, sondern ist eingeschlafen und grunzt zufrieden vor sich hin.

Hans zieht sich, so leise er kann, aus und kuschelt sich an Franzi. Er mag die Idylle zwischen Mutter und Sohn nicht stören, er ist hin- und hergerissen zwischen unbändiger Lust und fürsorglicher Vaterrolle. So überlässt er Franzi die Entscheidung über den weiteren Verlauf der Nacht, doch sie strapaziert sein ungeduldiges Begehren und lässt ihn warten. In ihrem schläfrigen Zustand kann sie kaum Gedanken fassen, dennoch spürt sie, wie schön es gerade mit ihrem Sohn ist. Doch offenbar ist ihr in diesem Moment nicht bewusst, dass ihre Familie aus drei Personen besteht – und diese dritte, ihr Mann, macht nun seine Ansprüche deutlich, indem sich der Teil seines Körpers, der schließlich Max gezeugt hatte, ungestüm und fordernd einen Weg durch ihre Oberschenkel hindurch bahnt. Nicht mal Franzi selbst wäre auf einen solchen Gedanken gekommen, als sie in romantischen Vorstellungen über eine harmonische Familie geschwelgt hatte: Die Konkurrenz zwischen Vater und Sohn!

Während Hans ihr die Entscheidung, was geschehen soll, überlässt, wird Franzi von der Müdigkeit überwältigt, schläft ein und lässt damit Hans allein. Seine unbefriedigte Lust verliert sich in Fantasien: Diese eine Nacht in Salzburg mit Isabel! Doch sofort verbietet er sich das. Seine kleine süße Tochter Carlotta kommt ihm in den Sinn und verwandelt seine Lust in eine sentimentale Stimmungslage. Irgendwie kann er es noch gar nicht glauben. Er hat zwar ihr Foto gesehen und hat auch die Bestätigung von Isabel. Trotzdem kann er sich beim besten Willen nicht vorstellen, eine Tochter zu haben, deren Vaterschaft er nicht offenbaren darf und die zudem noch eine andere Sprache sprechen wird. Das kam alles so schnell mit Max, Carlotta und deren Müttern. Über diesem Grübeln schläft auch er ein.

Irgendwann in der Nacht wacht Franzi auf und legt Max, der tief und friedlich schläft, in seine Wiege, die der Opa für sein Enkelkind geschnitzt hat. Es ist ruhig draußen, nur ab und zu fährt ein Auto vorbei. Die Wirtshäuser der Umgebung sind seit Stunden geschlossen und für den Zeitungsausträger ist es noch zu früh. Ihr Mann liegt auf dem Rücken und immer, wenn er abends Alkohol getrunken hat, gibt er Schnarchtöne von sich. Franzi findet das süß, wenn er in Zeitlupe sägend einatmet und mit einem »Bsss« ausatmet. Doch dazwischen mischt sich ein immer wiederkehrender Laut, der ihr bekannt vorkommt. »Schhh« macht Franzi zu Hans und hält den Atem an, damit sie besser hören kann. Da ist es wieder, das Geräusch. Es kommt aus dem Gästezimmer, das nur durch eine Wand von ihrem Schlafzimmer getrennt ist. Erst als dieses Stöhnen rhythmisch und von zwei unterschiedlichen Stimmlagen getragen wird, errät Franzi, was nebenan geschieht. Es sind keine Schmerzlaute – Lore und Paul lieben sich!

Franzi lächelt in sich hinein und spürt, dass etwas mit ihr geschieht. Irgendwo tief in ihrem Innern meldet sich etwas, das seine Ergänzung sucht. Sie blickt auf ihren Mann und weiß, dass sie ihn nicht weiterschlafen lassen kann. Sachte hebt sie die Bettdecke an und schmiegt sich an ihn, wie ein Löffelchen an das andere. »Mhm«, Hans kann zunächst nicht zwischen Traum und Wirklichkeit unterscheiden. Egal, es ist so schön, was ihm nun geschieht. Er dreht sich zu Franzi und gibt sich seiner aufkommenden Lust hin. Franzis Schoß öffnet sich und lässt ihn in sich ein – begleitet von einem ungestümen rauen Laut, der aus ihrer Kehle aufsteigt. Von nebenan dringen die zu Herzen gehenden Klänge eines Liedes zu ihnen und begleiten sie in ihrem Liebesspiel. »Baby I'll try again, try again. Baby I die every night, every time.” Lore und Paul liegen glücklich und entspannt beieinander, schauen sich in die Augen und singen leise den Refrain mit. Ein Geräusch, das nicht Teil der Musik ist, mischt sich dazwischen. Es dringt aus dem anderen Zimmer zu ihnen herüber. Lore und Paul lächeln sich an. »Franzi und Hans lieben sich«, flüstert Lore ihrem Mann ins Ohr.

»Habt ihr gut geschlafen?«, fragt Hans seine Gäste, als sie am Frühstückstisch sitzen.

»Ja, wunderbar, besser als zu Hause.«

»A scheens Liad hobt's gspuit. Wia hoaßt denn des?«

»Habt ihr uns gehört? Wie peinlich!« Lores Gesicht überzieht sich mit einem rötlichen Schimmer. »Sagen wir mal so, ihr habt uns inspiriert. Also, was war das heute Nacht für eine schöne Musik?«

»Try again von Keane, unser Herzöffner.«

»Paul hat immer so schöne Songs auf seinem Smartphone.«

»Zur Nachahmung empfohlen!« Franzis Blick geht nachdrücklich zu Hans. Wenn sie hochdeutsch spricht, hat sie es wichtig.

»Schon notiert!« »Wir sind nicht komplett. Wie geht

es unserem kleinen Max?« Lore möchte ihn am liebsten nach Berlin mitnehmen. »I schau nach eam.« »Ich gehe mit!« Lore ist ganz vernarrt in Max und er anscheinend auch in sie. Seine erste große Liebe? Auch wenn er die Konturen der beiden, die sich über ihn beugen, noch nicht deutlich sehen kann, so strahlt sein Gesicht doch vor Freude, weil er ihre Stimmen erkennt, die sanft wie Engelszungen seinen Namen aussprechen: »Max«. Der so liebevoll Angesprochene strampelt mit seinen Ärmchen und Beinchen, bis er von seiner Mama aus der Wiege geholt wird. »Darf ich ihn tragen?« Franzi weiß, dass Lore keine Kinder bekommen kann und dass sie darunter leidet. Sie will daher ihre Bitte nicht abschlagen und übergibt ihr Max ganz behutsam.

Allmählich rückt der Zeitpunkt ihres Abschieds näher, auch wenn sie es nicht wahrhaben wollen. Doch der Zeiger der Küchenuhr dreht sich gnadenlos weiter. Sie stehen in der Diele, die Koffer gepackt, und versprechen einander, in Kontakt zu bleiben, bis man sich wiedersieht. Wenn dann Max etwas älter ist, wird sogar ein Gegenbesuch in Berlin möglich sein. Max weiß nicht, was gerade vor sich geht, doch er spürt etwas. Das Lächeln ist gewichen, seine Augen weiten sich und schauen ins Leere. Er stößt ruckartige Laute aus und sein Gesicht wird rot. Lore, die das bemerkt, ist besorgt. Ob sie etwas falsch gemacht hat? Bis sie es dann riecht. Während sich die beiden Frauen um Max kümmern, ihn auf den Wickeltisch legen und die Windeln wechseln, nutzen Hans und Paul die Gelegenheit zu einem Gespräch unter Freunden. »Hans, unser Thema von gestern lässt mich nicht los. Wir sollten dranbleiben.« »Du meinst, wir gefährden mit unseren Affären unsere Ehen? Und warum wir das überhaupt tun, beziehungsweise nötig haben.«

»Genau! Wir haben wunderbare Frauen, die uns treu sind. Was treibt uns eigentlich an? Das alles sind Fragen, denen ich auf den Grund gehen möchte.«

»Marie ist doch tot. Warum also beschäftigt dich dieses Thema immer noch?«

»Conny«, lautet Pauls Antwort. Hans zieht erstaunt seine Augenbrauen nach oben und will ihm gerade eine weitere Frage stellen, als er hört, wie die beiden Frauen zurückkommen. »Lass uns telefonieren! Ich werde mir in der Zwischenzeit Gedanken machen.«

»Was habt ihr denn zu tuscheln?«, fragt Lore gut gelaunt.

»Wir haben von euch geschwärmt!« Paul der Wahl-Berliner ist nie um ein Wort verlegen.

»So haben wir es gern. Nicht wahr, Franzi?« Hans und Paul tauschen einen Blick aus, der Franzi nicht entgeht.

»Wär's anders, wär's schlimm!« Die nicht ganz grundlos misstrauische Franzi zieht sich geschickt aus der Affäre.

»So schwer es uns fällt, wir müssen uns jetzt verabschieden. Leider muss ich nun Max gegen meinen Koffer tauschen. Ein schlechter Tausch!«

»Dann kommt's halt wieder!« Alle nicken und liegen sich gleich darauf in den Armen. Max der Ahnungslose, kann sich nicht zwischen Lächeln und Weinen entscheiden. »Ich kann euch gerne zur S-Bahn bringen.«

»Danke Hans, das ist nicht nötig, wir treffen Olaf am Marienplatz und fahren gemeinsam zum Flughafen.«

»Aber auf die Straße bringen wir euch noch.« Im Parterre treffen sie auf Frau Huber, die den Moritz in den Hinterhof hinausgelassen hat. »So, so, hobt's Preißn auf Bsuch ghobt?«, fragt sie. Sie bleibt jedoch ungehört, weil sich Franzi und Hans gerade winkend von ihren Freunden verabschieden, die sich auf dem Weg zum Goetheplatz bereits auf Höhe Hotel Herzog befinden.

4.

München – zwei Jahre später

Seit Max auf der Welt ist, kommt der Tango bei ihnen zu kurz. Und nicht nur deswegen, weil sie abends zu zweit nicht mehr wegkommen, sondern auch, weil ihr Kind in den Mittelpunkt ihres Lebens gerückt ist. So ist das Thema Tango fast unbemerkt und allmählich in den Hintergrund geraten. Für beide ist absehbar, dass das noch etliche Jahre andauern wird – ein Zustand, mit dem sich Hans nicht abfinden will. Er fühlt sich mit dem Tango leidenschaftlich verbunden, Franzi hingegen nicht so sehr. Sie tanzt zwar gerne, aber bewegt sich immer noch auf Anfängerniveau. Durch ihre Mutterrolle haben sich die Prioritäten zwangsläufig verschoben. Doch Hans will das nicht hinnehmen und probt den Aufstand.

»So kann das nicht weitergehen! Entweder wir tanzen wieder daheim wie früher oder ich gehe eben allein auf Milongas!«

»I vermiss den Tango a, was glaubst denn. Magst jetzt mit mir tanzen? Da Max schlaft und stört ned.«

»Gerne! Hilfst du mir?« Gemeinsam schieben sie die Sessel beiseite, klappen den Teppich zurück und schlüpfen in ihre Tangoschuhe. Hans sucht eine CD heraus. Die Musik aus der Serie »Sulle rive del Tango« hat Franzi immer gut gefallen. Damit will er ihr entgegenkommen, wenn sie schon die Bereitschaft zeigt, mit ihm zu tanzen.

Sie beginnen mit »De l'autre côté«, einem Ohrwurm, der bei ihr gleich gut ankommt. Nur, und damit hat Hans nicht gerechnet, wiegt Franzi ihre Hüften zum Rhythmus wie eine Kizomba-Tänzerin. Er drückt die Stopptaste am CD-Player. Muss er mit ihr noch einmal ganz von vorne beginnen? Er versucht es mit einem klassischen Tango von Carlos Di Sarli. Franzi fragt, was denn los sei. Hans erklärt ihr mit einfühlsamen Worten, dass sie ihr Becken stabil halten soll. So sei es eben beim Tango.

»So a scheens Liad!«

»Ja, aber auch ‚Bahia blanca' ist schön und für den Anfang besser geeignet.« Er führt sie in den verkürzten Grundschritt, also ohne Kreuzschritt. Jetzt erinnert sich Franzi wieder, wie's geht. Sie macht ihre Sache recht gut und wird auch sofort gelobt. Erinnerungen an ihre erste Tangostunde werden wach. Heute Abend darf nichts schiefgehen, Franzi braucht unbedingt ein Erfolgserlebnis. Und sie trägt das Ihrige dazu bei. Zu Canaros »Poema« tanzen sie bereits den kompletten Grundschritt und auch Rück-Ochos, die sie immer an der Wand geübt hatten.

Ein richtig schöner Abend ist es, den die beiden wieder einmal miteinander verbringen, so wie in alten Zeiten, den ersten Wochen ihrer Beziehung. Ein gewisses Prickeln hat sich wieder eingestellt. Sie erleben sich als Mann und Frau und nicht als Papa und Mama.

Beim folgenden Tango will Hans eine neue Schrittvariante einstudieren, die Franzi noch nicht kennt: Das

Sandwich – zuerst ohne, dann mit Gancho. Hans übersteht Letzteren ohne nennenswerte Verletzungen. »Was macht ihr da?« nuschelt Max, der mit dem Schnuller im Mund und Balu, seinem Lieblingsbär, im Arm in der Tür steht. Überrascht drehen sich die Köpfe der beiden zu ihrem Sohn hin. Max läuft auf sie zu und umklammert das Standbein seiner Mutter, die notgedrungen ihren Gancho unterbrechen muss, um das Gleichgewicht nicht zu verlieren. Franzi streicht ihm über die Haare und denkt nicht an die gestörte Zweisamkeit mit ihrem Hans. Das überlässt sie ihm. Doch er schweigt, ist frustriert und überlegt, wie er den Abend retten kann. »Kohst ned schlafn, Maxl?« Sie geht in die Hocke, um auf gleicher Augenhöhe mit ihm zu sein.

»Kann nicht, Mama.« Dabei schüttelt er heftig den Kopf. Ein sicheres Zeichen, dass er hellwach ist.

»Magst a Buch oschaun? Himpelchen und Pimpelchen vielleicht?« Franzi bewegt abwechselnd ihre Daumen nach oben, um die beiden Zwerge auf den Berg steigen zu lassen. Dieses Spiel hat Max immer so mögen. Doch diesmal schüttelt er seinen Kopf.

»Will so wie Mama und Papa!«

»Wuist tanzen?«

»Ja!« Max hält seinen Bär vor sich und macht unbeholfene Tanzschritte. Sein Gesicht strahlt vor Freude. Vielleicht wird er dann müde, hofft Hans und drückt die Starttaste. »Milonga del Corazon«. Auch das noch, denkt Hans. Eine Milonga hatten sie noch nie geübt. Doch Max beginnt mit tapsigen Schritten zu tanzen und macht es genau richtig.

»Schau, Franzi! So wie unser Max sollte man bei der Milonga in den Boden treten. Lass es uns doch gleich mal versuchen!« Hans führt lediglich den verkürzten Grundschritt mit Variationen. Er selbst hat mit der Milonga immer seine Mühe gehabt. Der Tango liegt ihm wesentlich besser, auch jetzt noch. Franzi hingegen scheint talentierter zu sein, was möglicherweise an ihrem Beruf als Kellnerin und ihrer Bodenständigkeit liegen mag.

Inzwischen ist der kleine Max an die Grenzen seiner Kondition gekommen und müde geworden. Sein eifriges Tapsen wird immer mehr eine Art Torkeln, bis er sich an die Beine seiner Eltern lehnt und von ihnen hochgehoben werden möchte. Sie haben es schon einmal in einem Video gesehen, wie Eltern mit ihrem Kleinkind Tango getanzt haben. Franzi fand das rührend, auch Hans. Sie falten ihre Hände auf der offenen Seite, die dadurch eine Sitzfläche bilden, auf die sich Max dann setzen darf. Sie heben ihn hoch. Stolz wie ein König – nein, den kennt er noch nicht – sitzt er in erhobener Position mit seinem Bär im Arm und strahlt wie ein Honigkuchenpferd. Noch immer spielt das Orchester von Francisco Canaro, momentan den Vals Secreto de Amor.

Während der Papa so seinen Sohn betrachtet, geht ihm das Herz auf. Vergessen ist sein Unmut von vorhin, als er sich in der intimen Zweisamkeit mit Franzi gestört fühlte. Für dieses Kind, dem immer wieder die Äuglein zufallen, würde er alles geben! Und so rücken sie ganz eng zusammen, die drei mit dem Bär, deuten den gespielten Dreivierteltakt lediglich durch Wiegen an und lassen sich von Roberto Maidas Gesang einlullen. Für Max ist das, wie wenn ihm die Mama ein Gutenachtlied vorsingt. Doch das wird heute nicht mehr nötig sein, denn er ist bereits eingeschlafen. Während Franzi ihn ins Bett bringt, sucht Hans ein Buch, aus dem er Franzi nachher vorlesen möchte – Tangogeschichten von Katrin Dorn. Jetzt muss er nur noch eine Geschichte finden, die zur Stimmung passt, und vor allem den passenden Rotwein dazu. Jetzt könnte sie aber allmählich kommen, denn er hat alles vorbereitet: Den Malbec aus der Provinz Mendoza, dazu zwei Rotweingläser, die Kerze brennt auch schon und das Kapitel »Pauls Tränen« ist aufgeschlagen.

»Setzens eana doch, holde Gemahlin.« Hans zeigt einladend neben sich auf das Sofa, als Franzi auf Zehenspitzen schleichend ins Wohnzimmer kommt. Bevor sie sich setzt, macht sie einen Knicks vor ihm und hebt mit Fingerspitzen das nicht vorhandene Kleid an.

»Mechtens mi verführen, edler Rittersmann?« »Wenn ihr mir wohlgesonnen seid, vielleicht. Aber sie soll sich hüten, denn einem Rittersmann darf man nie trauen!«

Hans beendet ihr Techtelmechtel, indem er die vollen Gläser anhebt, Franzi eins überreicht und mit ihr anstößt. »Prost! Auf unsere wunderbare Familie!« Die Gläser klingen und Hans erhält ein Küsschen für den wohlvorbereiteten Abend.

Mit dem Buch in der Hand lehnt sich der Vorleser zurück, schlägt die Beine übereinander und beginnt, während sich die Zuhörerin an ihn kuschelt, vorzulesen: »Die Milongas im Torquato Tasso sind eigentlich ein Ding der Unmöglichkeit. Der Tanzboden ist immer überfüllt.

Dennoch gelingt allen Herren das Kunststück, ihre Damen ohne Karambolage an den anderen Paaren vorbeizumanövrieren … « Hans ist noch nicht einmal bis zur Hälfte des Kapitels gekommen, als er merkt, dass Franzi zwischenzeitlich eingeschlafen ist. Er legt das Buch weg und umarmt sie zärtlich. Ist es das, was ihm Richard immer vermitteln wollte? Spätestens jetzt kann er ihn verstehen.

5.

Berlin

Paul wählt Hans' Nummer. Er möchte mit ihm das Thema, über das sie sich damals in München ausgetauscht hatten, weiter erörtern; denn er weiß, dass ihnen noch lange nicht alle Facetten ihres Verhaltens in Beziehung auf Frauen bewusst geworden sind.

»Schubert.«

»Ich grüße dich Hans, hier ist Paul. Passt es dir gerade?«

»Hallo Paul. Schön, dass du anrufst! Franzi kann jederzeit zurückkommen, sie ist mit Max unterwegs. Aber so lange können wir reden.«

»Wir sind damals so verblieben, dass wir uns Gedanken über unser Verhältnis zu Frauen machen wollten. Zu welchem Ergebnis bist du gekommen?«

»Ja, ich habe meine Hausaufgaben gemacht. Unter anderem habe ich mich daran erinnert, dass ich in meiner Jugendzeit ständig die Befürchtung hatte, ich könnte so viele andere Frauen in meinem Leben versäumen, wenn ich mich an eine binden würde.«

»Der Unersättliche, der nichts verpassen möchte, beziehungsweise nicht genug bekommen kann. Das kann man durchaus verstehen. Aber warum geht es nicht allen Männern so?«

»Da gibt es diejenigen, die ausschließlich auf eine Frau fixiert sind, und andere, wie wir beide, die auch noch den

Blick für andere Frauen haben. Aber es ist nicht so, dass ich die Gelegenheit suchen würde. Doch wenn sie sich ergibt, kann ich der Versuchung schon mal nachgeben.«

»Okay. Das Sich-Bewusstwerden ist auf jeden Fall ein guter Lösungsansatz!«

»Und zu welchem Schluss bist du gekommen, lieber Paul?«

»Auch ich habe mir Gedanken gemacht. Mir sind dazu folgende Stichworte eingefallen: Jagdfieber, nicht Nein sagen können und, vielleicht trifft das auch auf dich zu, zwei oder gar mehrere Frauen gleichzeitig lieben. Was meinst du nun zu meinem Krankheitsbild?« Hans muss lachen und Paul fällt mit ein.

»Ich kenne zwar einen guten Psychotherapeuten, aber ich glaube kaum, dass er dich als Klienten annehmen würde. Da musst du schon mit mir vorliebnehmen.«

»Du meinst also, du als Hobbypsychologe, der vom selben Virus befallen ist, könntest mich erfolgreich therapieren? Man sagt ja vielen Psychologen nach, sie wären selbst therapiebedürftig.«

»Ein Versuch kann nicht schaden, wenn ich auch nicht glaube, dass wir in dasselbe psychologische Schema passen würden.«

»Du, ich erinnere mich gerade an ein Zitat Schopenhauers, vielleicht kriege ich es noch zusammen und eventuell bringt uns das weiter:

Denn alles Streben entspringt aus Mangel, aus Unzufriedenheit mit seinem Zustande, ist also Leiden, solange es nicht befriedigt ist. Keine Befriedigung aber ist dauernd, vielmehr ist sie stets nur der Anfangspunkt eines neuen Strebens.

»Na, was meinst du?«

»Lass mich kurz darüber nachdenken … Also, mit Franzi könnte ich solche Gespräche wie mit dir nicht führen. Ein Mangel? Mit Isabel allerdings auch nicht, aufgrund von Sprachschwierigkeiten. Schopenhauer hat zumindest in einem Punkt recht: Nicht alle unsere Bedürfnisse können von ein und derselben Frau befriedigt werden. Isabel ist für mich eine Exotin. Vielleicht vermisse ich das bei Franzi – das Abenteuer, die spontanen Einfälle. Denn damit würde sich der Kreis meiner Wünsche schließen.« »Dennoch können manche mit einem unvollständigen Kreis gut leben. Warum du nicht?«

»Das ist eine Frage des Anspruchs an das Leben. Mehr fällt mir im Moment dazu nicht ein.«

»In Marie hatte ich ebenfalls eine Exotin. Lore gibt mir alles, aber das Außergewöhnliche, wollen wir es einfach mal so nennen, hat sie eben nicht. Dafür ist sie aber geerdet, bietet mir Sicherheit und Geborgenheit, irgendwie vergleichbar mit Franzi.«

»Du, ich höre gerade, wie der Schlüssel ins Schloss gesteckt wird. Lass uns demnächst weiter darüber reden! Wir sind heute ganz schön weit gekommen, finde ich.« »Das meine ich auch. Sag bitte Franzi einen lieben Gruß von Lore und mir. Einen weiteren Aspekt möchte ich für das nächste Mal noch in den Raum stellen, über den wir uns auch Gedanken machen sollten: Der Reiz des Neuen!«

Ja, sagt Hans, und ergänzt mit einem Zitat von Hermann Hesse:

Und jedem Anfang wohnt ein Zauber inne, der uns ...

Ein Wirbelwind verhindert, dass die beiden Männer ihren Gedanken weiter nachhängen. Max stürmt ins Wohnzimmer und Hans beendet das Gespräch.

In Berlin am Rosenthaler Platz heißt der Wirbelwind Lore. Auch sie kommt mit Schwung herein und fällt Paul, der am Küchentisch sitzt, um den Hals. Ihre ausdrucksvollen Augen strahlen, als sie ihm ihren Wunsch mitteilt: »Lieber Paul, lass uns heute Abend in Kino gehen!«

»Welcher Film wird denn gespielt?«

»Wird nicht verraten. Überraschung!«

»So kenne ich dich gar nicht.« »Zu den Aufgaben einer Frau gehört unter anderem, dass sie ihren Mann bei Laune hält und ihn glücklich macht, sodass er sein gegebenes Ja-Wort am Traualtar niemals bereuen muss.« »Kommst du gerade von der Eheberatung?« »Hätte ich die nötig? Sei ehrlich!« »Nein Lore, du bist die wunderbarste Frau, die ich kenne, und ich habe meine Entscheidung nie bereut.« »Dann warte ich noch auf dein Ja-Wort zu unserem Kinobesuch.« Lore setzt sich auf Pauls Schoss, hält ihr rechtes Ohr dicht an seine Lippen und wartet. Doch Paul denkt nicht daran zu antworten – ihre Ohren, die er über alles liebt, lenken ihn ab. Zärtlich streicht er ihre Haare zurück. Sein Zeigefinger gleitet an den Konturen ihres Ohrs entlang, bis er die glänzende Perle berührt. An ihr hält sein Finger inne und spielt mit ihr. Das macht Paul gerne. Er weiß genau, dass Lore diese Berührung liebt.

Wenig später trägt er sie ins Schlafzimmer, lässt sie auf das Bett fallen und macht sich wie ein hungriger Löwe über sie her. Er hält sich nicht damit auf, ihr elegantes Business Dress auszuziehen. So beschränkt er sich darauf, den Rock ihres Kostüms hochzuziehen, während er sie leidenschaftlich küsst. Schon immer fand er die hübschen Chefsekretärinnen, mit denen er zu tun hatte, in diesem Outfit attraktiv und erotisch. Vor gut einem Jahr hat er sich seinen Wunschtraum erfüllt und eine von ihnen geheiratet, Lore.

Paul lächelt in sich hinein, als er an Hans und seine Vorliebe für Frauen im Dirndl denkt. Hans hat Franzi in solcher Tracht kennengelernt, hat dem Charme dieser reizvollen Münchnerin letztendlich nicht widerstehen können und für sie sein Junggesellenleben aufgegeben.

»Paul, wir müssen uns fertigmachen, es ist höchste Zeit fürs Kino.«

»Können wir nicht morgen gehen? Es ist gerade so schön mit dir!«

»Aber du hast doch versprochen … «

»Habe ich nicht!«

»Lieber Paul, das ist heute die letzte Vorstellung – bitte!«

Welcher Mann könnte dem Wunsch dieser Frau widerstehen, den sie mit dem treuherzigsten Blick, zu dem ein weibliches Auge überhaupt fähig ist, unterstreicht.

Eine halbe Stunde später sieht man ein in schicken Trenchcoats gekleidetes Paar eilig die Rosenthaler Straße hinuntergehen in Richtung Hackescher Markt. Sie hat sich bei ihm eingehängt, er trägt den schützenden Regenschirm. Der Fernsehturm versteckt sich hinter einer Regenwand. Die sonst so belebten Straßen wirken wie ausgestorben. Bei so einem Wetter zieht man es eher vor, zu Hause zu bleiben. Die beiden biegen auf Höhe der Hackeschen Höfe rechts ab und streben dem Kinoeingang zu. Nur spärlich besucht sind die Lokale nebenan, doch einige wenige Passanten haben wohl dasselbe Ziel wie sie, das Kino. Paul weiß immer noch nicht, welcher Film gespielt wird, als sie das Treppenhaus hochgehen. Lore besorgt die Eintrittskarten und geleitet ihn in einen der Säle. In der hintersten Reihe nehmen sie Platz. Paul nimmt Lores Hand, fragt nicht nach dem Film und wartet ab. So schweigen beide und lassen die Atmosphäre auf sich wirken. Vereinzelt kommen noch ein paar Besucher herein und verteilen sich auf den zahlreichen freien Plätzen. Ohne der Musik und der darauf folgenden Filmvorschau besondere Beachtung zu schenken, sind die beiden noch ganz bei sich in ihrer eigenen Gefühlswelt, erfüllt vom spontanen Liebesrausch, der vor einer guten Stunde über sie gekommen war. Nicht allzu häufig hatten sie in den vergangenen Wochen diesen ungestümen Drang nach körperlicher Liebe gespürt wie heute. Paul kann es im Nachhinein nicht verstehen, dass Lore inmitten ihrer Zärtlichkeiten einen Blick für die Uhr hatte – es gab doch nur noch sie und ihn. Er hätte es vorgezogen, zu Hause zu bleiben. Doch nun sind sie hier. Die ersten Töne der Filmmusik erfüllen den Kinosaal – glasklar ist der typische Klang des Akkordeons. Die Melodie und der Dreivierteltakt verraten, an welchem Ort dieser Film spielt: Paris. Wenn eine Stadt eine Musik ihr eigen nennen darf, so ist es Paris mit seinen Musettes. Und ihre ganz eigene Charakteristik hat die Filmmusik von Yann Tiersen.

Lore wendet sich Paul zu, der gebannt nach vorne schaut. Er spürt ihren Blick und dreht seinen Kopf zu ihr. Sie schauen sich lächelnd an und sprechen gleichzeitig das eine Wort aus: »Amelie«

»Du hast eine gute Wahl getroffen«, sagt Paul und gibt Lore ein Küsschen. Dann wendet er sich wieder der Leinwand zu. Der Film schildert die nicht ganz einfache Kindheit der kleinen Amelie in einer ganz besonderen Art und Weise. Eine solche mag man niemandem wünschen, denken die beiden und schließen dieses außergewöhnliche Mädchen in ihr Herz. Doch Amelie scheint mit ihrem Schicksal erstaunlich gut zurechtzukommen. Im weiteren Verlauf aber geschieht etwas mit Paul. Amelie ist für ihn nicht mehr die Hauptdarstellerin in diesem Film. Eine andere Frau aus seinem früheren Leben ist in diese Rolle geschlüpft. Sie ist auch Französin, sieht Amelie zum Verwechseln ähnlich, hat ebenfalls ihr Elternhaus in der Provinz verlassen, um in der Metropole ihr Glück zu finden. Es ist, als ob der Drehbuchautor sie gekannt und ihr mit diesem Film ein Denkmal gesetzt hätte – einem Engel auf Erden, Marie Augier.

Während Lore von Amelies Geschichte tief berührt ist, trifft diese Paul bis ins Mark. Maries früheres Leben, ihre Vergangenheit, über die sie stets geschwiegen hatte, als ob sie einen Makel verbergen wollte, wird ihm nun im Nachhinein erzählt. Eine erste Träne verlässt sein Auge, als Amelie mit zwei Koffern in den Händen ihr Elternhaus verlässt und sich mit beherzten Schritten von ihrer Kindheit verabschiedet. In einer Brasserie am Montmartre findet sie als Kellnerin eine Anstellung. Eine junge bezaubernde Frau, der das Glück ihrer Mitmenschen am Herzen liegt.

Paul fühlt sich in die gemeinsame Zeit mit Marie zurückversetzt. Sie tanzen den Vals d'Amelie auf dem Bahnsteig Strasbourg Saint-Denis, kurz nachdem sie sich kennengelernt hatten. Lore dagegen erinnert sich bei dieser Melodie an ihren Tanz mit Paul im *Maison Blanche* in Kreuzberg, als sie den Geburtstag ihrer Arbeitskollegin gefeiert hatten. Ob er in diesem Moment auch daran denkt? Sie sieht die Tränen in seinem Gesicht, als sie sich ihm zuwendet.

Oh Gott, warum hat sie nicht vorher daran gedacht? Sie war Marie zweimal begegnet und jetzt sieht sie diese Frau vor sich auf der Leinwand! Ein Schmerz durchzieht ihren Körper, so wie damals, als sie Paul wegen Marie aufgegeben hatte. Wie mag es ihm jetzt ergehen? Muss er, wie sie selbst, auch noch mal durch den Schmerz hindurch? Ein tiefes Mitgefühl für Paul ändert ihre Gefühlslage. Sie küsst seine Wange, schmeckt das Salz seiner Tränen; sie will bei ihm sein, wenn er sich ein letztes Mal von Marie verabschiedet. Paul nimmt Lores Liebe an, schmiegt seine Wange an ihre, erwidert ihren Händedruck und gemeinsam freuen sie sich über Amelie, als sie ihre große Liebe erfährt. So verabschieden sie sich von Marie. Möge sie ihren Frieden finden, wo auch immer sie jetzt sein mag.

Aber was nun? Kann man nach solch einem tiefgreifenden Erlebnis einfach zur Normalität des Alltags übergehen? Paul möchte am liebsten sitzenbleiben und den Film nachklingen lassen, denn er weiß, dass er seinen Schmerz mit dem Ende des Films nicht einfach abschalten kann. Lore scheint seine Gedanken zu erraten und überlegt, wie sie beide in den nächsten Stunden mit ihrer Trauer am besten umgehen könnten. Gleich nach Hause gehen und im Schlaf untertauchen? Nein. Einen trinken gehen? Ebenfalls nein. Und dann hat sie die Lösung, im Grunde genommen die naheliegendste, die auch noch am Rückweg liegt.

»Wir können hier nicht sitzen bleiben, ich kann jetzt auch nicht nach Hause gehen, aber was dann?« Seine Hilflosigkeit hätte Paul nicht deutlicher ausdrücken können.

»Lass uns ins *Clärchens* gehen und eine Vals-Tanda tanzen!«

Nicht einmal die Prostituierten lassen sich sehen, als sie in die Oranienburger Straße einbiegen. Selbst wenn jeder vor dem Regen flüchtet, den beiden tut er gut. Auch der Himmel weint, denkt Lore, doch er weint kraftvoll und reinigt das Gemüt. Auf diese Art zu weinen, erleichtert und erlöst vom Schmerz.

Auch in der Großen Hamburger Straße begegnet ihnen kaum ein Mensch, allenfalls nur für einen kurzen Moment, wenn beispielsweise jemand vom Auto über den Gehsteig zum Hauseingang huscht.

Sie schütteln sich wie aus dem Wasser kommende Hunde, als sie den schützenden Eingang von *Clärchens Ballhaus* erreichen.

Die Stimmung im Saal ist so, wie sie es von früheren Abenden kennen: Speisende Wirtshausgäste, deren Blicke zwischen den Tellern und den Tanzenden hin und her wandern, die übliche Tangoszene, teils auf der Tanzfläche, teils lässig auf den Stühlen lümmelnd und die in Berlin üblichen Tangotouristen.

Auch an diesem Ort hat Marie ihre Spuren hinterlassen. Lore lässt sich von Paul zeigen, wo genau sich der Vorfall mit Olaf und Paco abgespielt hat. Paul deutet vor sich auf den Boden, denn zufälligerweise stehen sie genau an dieser Stelle. »Hast du eigentlich schon was von Olaf gehört? Hat er inzwischen eine Partnerin für den Tangokurs gefunden, der demnächst beginnt?« »Nein, er hat sich nicht mehr gemeldet. Ich werde ihn morgen anrufen. Vielleicht kannst du ihm ja ein paar Tipps geben.«

»Vergiss es bitte nicht! Du wolltest doch mit mir eine Vals-Tanda tanzen. Möchtest du das immer noch?« Lore spitzt die Ohren, zählt laut den Takt mit: »Eins, zwei, drei, eins … okay.« Sie nimmt den darüber lächelnden Paul an der Hand und zieht ihn auf die Tanzfläche. Dann erst merken sie, wie unvorteilhaft es ist, mit Straßenschuhen zu tanzen. Sie konnten ja nicht damit rechnen, dass sie heute noch auf eine Milonga gehen würden.

Auf der Tanzfläche bilden sie einen in sich geschlossenen Kreis, in den sie nur die Erinnerung an Marie mit hineinnehmen. Mit diesen Tänzen im Dreivierteltakt wollen sie sich nun von ihr verabschieden und sie endgültig loslassen. Paul hat in den letzten Wochen ernsthaft darüber nachgedacht, ob er weiterhin zum alljährlichen Treffen des Jahrestags von Maries Tod gehen soll. Er wägt immer wieder das Für und Wider ab, konnte sich aber bislang zu keiner Entscheidung durchringen. Dabei geht es nicht nur um Marie, sondern auch um Conny, die er aller Voraussicht nach in Bonnieux wiedersehen würde. Möchte er Lore auch noch damit konfrontieren? Die perfekte Lösung wäre, wenn Lore mitkommen würde. »Paul, du tanzt unkonzentriert. Wo bist du mit deinen Gedanken?«

»Entschuldige, es ist einfach zu viel heute. Aber ich werde mich bemühen.«

Er versucht, sich von seiner Grübelei zu lösen und tanzt die verbleibenden zwei Vals mit all seiner jahrelangen Routine, bis ihn die Cortina erlöst.

»Was wünschst du dir jetzt, mein Lieber?« Bevor Paul antwortet, stellt er einmal mehr fest, welch eine wundervolle und einfühlsame Frau er in Lore hat.

»Mit dir zusammen in unserer Küche sitzen, einen Prosecco trinken und schöne Musik hören.«

»Einverstanden. Die Musik möchte aber ich auswählen!« »Wenn du *Keane* spielst, gerne.«

Olaf hatte unlängst bei einer Tanzpartnerbörse im Internet dieses Inserat entdeckt:

Sabine, eine Tango-Tanzpartnerin aus Berlin 46 Jahre, 173 cm … Tanzpartner gesucht für Tango Argentino (habe Grundkenntnisse), Standard/Latein, Gesellschaftstanz, Discofox/Salsa … Ich habe sechs Jahre intensiv Salsa Cubana getanzt, bin vor Kurzem dem Tango Argentino verfallen und suche einen entspannten, freundlichen Tanzpart-

ner, Größe am besten ab 180 cm, für diverse Workshops,
Kurse oder abendliche Ausflüge in die Berliner Tango-Welt.
Ich selbst bin schlank, gutaussehend (meinen andere), un-
kompliziert, lache und unterhalte mich gern. Falls du eine
entsprechende Tanzpartnerin suchst, schreib mir bitte! Ich
freue mich auf deine Nachricht.

Sabine

Von diesem Text fühlte sich Olaf angesprochen, auch
wenn dieser nur wenig über Sabines Persönlichkeit ver-
riet. Besonders das beigefügte Foto sagte ihm zu: Lange
dunkelbraune Haare, ausgeprägte Wangenknochen, ein
sinnlicher Mund, die Augen verträumt in die Ferne gerichtet.

Doch jetzt wird er mit dem schwierigen Teil seiner
Partnersuche konfrontiert, nämlich antworten zu müssen, über sich selbst schreiben, kurzum, ein Profil über
sich erstellen. Er erinnert sich an frühere Versuche, als
er ebenfalls übers Internet eine Partnerin gesucht hatte.
Nach unzähligen Anläufen gab er jedoch auf. Damals
hatte er Lore gebeten, ihm zu helfen. Warum nicht auch
diesmal?

»Hallo Lore, ich bin's, Olaf.«

»Hallo Olaf, du bist mir zuvorgekommen. Ich wollte
dich heute auch anrufen und mich nach deiner Tangopartnerin erkundigen.«

»Bin gerade dabei, auf ein Inserat in der Tangopartner-
börse zu antworten ... «

» ... und jetzt brauchst du meine Hilfe – stimmt's?«

»Genau! Könntest du mir noch einmal behilflich sein?«

»Klar, mach' ich! Schicke mir ihr Inserat zu und ich werde eine Antwort formulieren. Du bekommst sie heute noch.«

»Danke, Lore!«

»Gerne!«

Noch am selben Abend fand Olaf Lores Mail in seinem Posteingang:

Hallo Sabine,

wenn ich inseriert hätte, würde mein Text in etwa so lauten: Ich suche eine engagierte, humorvolle und hübsche Tanzpartnerin für einen Grundkurs, danach eventuell für Praktika und Milongas. Ich bin ein sympathischer, aufgeschlossener Typ, 186 cm und attraktiv (meinen andere). Ich möchte so viel wie möglich tanzen, da mich der Tango Argentino fasziniert. Dein Inserat und ebenso Dein Foto haben mich sehr angesprochen. Sehr gerne treffe ich mich mit Dir, falls Du dich nicht schon anderweitig entschieden hast.

Es wäre schön, wenn dich meine Zeilen zu einer positiven Antwort motivieren würden. Liebe Grüße und vielleicht bis bald Olaf

Ob dieser Mausklick, mit dem er seine Antwort versendet, seine Zukunft in neue Bahnen lenken wird? Wie oft hatte er sich in den letzten Wochen der Vorstellung hingegeben, mit einer bezaubernden Frau in seinen Armen Tango zu tanzen, und mehr noch! Die Intimität zwischen Mann und Frau hat in ihm einen unvergesslichen

Eindruck hinterlassen, seit er damals Paul mit Marie bei ihren Tänzen erlebt hatte. Später auf einer Münchner Milonga hatte die tiefe Verbundenheit zwischen Hans und Isabel diesen Wunsch erneut aufflammen lassen. Doch er ist realistisch genug, um sich einzugestehen, der Tango Argentino allein würde das nicht ausmachen. Dafür gibt es genügend Beispiele. Es gehört mehr dazu, als nur gut tanzen zu können: Anziehungskraft, Attraktivität, gegenseitiges Begehren und vor allem Liebe.

Dieses Ziel zu erreichen hat er sich in den Kopf gesetzt. Wenn es sein Schicksal vorgesehen hat, wird sein Wunsch auch erfüllt werden. An mangelndem Willen wird es ganz sicher nicht scheitern. Doch jetzt wird erst mal seine Geduld auf die Probe gestellt. Wird er eine positive Antwort erhalten? Durchsetzungskraft gepaart mit Einfühlungsvermögen, das ist jetzt gefordert. Der Tango zeigt ihm schon jetzt seine Grenzen auf. Doch er hält sich für lernfähig. Und wenn noch ein Quäntchen Glück mit im Spiel ist …

Olaf schließt die Augen und lehnt sich seufzend zurück. Mehr kann er vorerst nicht tun.

Ganze drei Tage muss er sich gedulden, bis endlich Sabines Antwort eintrifft. Mit einer Nervosität, die er sonst nicht an sich kennt, öffnet er die Mail.

Lieber Olaf,
hättest Du mir doch einen Tag früher geschrieben, denn inzwischen habe ich schon einem anderen Herrn zugesagt. Wir haben uns bereits kennengelernt und uns für einen

Kurs, der in der kommenden Woche beginnt, angemeldet. Was Du in Deiner Mail über dich geschrieben hast, ergänzt durch Dein Foto, gefällt mir. Doch leider …

Ich wünsche Dir noch viel Glück bei der Suche nach einer geeigneten Tangopartnerin! Vielleicht begegnen wir uns ja später irgendwo auf einer Milonga, wenn wir erst mal flügge geworden sind. Das würde mich freuen!

Aber ob wir dann einander erkennen würden?

Mit lieben Grüßen

Sabine

Entgegen seiner sonstigen Devise, eine Nacht darüber zu schlafen, bevor er antwortet, entscheidet Olaf sich für eine spontane Antwort, in der er Sabine seine Enttäuschung mitteilen möchte. Auch verbindet er, eine Kämpfernatur, damit eine Strategie – er möchte mit ihr in Kontakt bleiben, denn vielleicht war's diesmal nicht der richtige Zeitpunkt. Möglicherweise aber später.

Liebe Sabine, wie konnte ich nur so lange zögern, um Dir zu schreiben. Ich hatte es mir schon vor einer Woche vorgenommen, aber immer vor mir hergeschoben. Die Strafe für mein Versäumnis trifft mich hart – ich muss es ehrlich gestehen! So werde ich mir Dein Foto einprägen, um dich wiederzuerkennen, sollten sich irgendwann unsere Wege auf einer Milonga kreuzen.

Halte mich bitte nicht für aufdringlich, wenn ich Dir diesen Vorschlag mache: Wir könnten uns doch immer wieder mal zwischendurch über unsere Kurserfahrungen aus-

tauschen. Was hältst Du von dieser Idee? Ich wünsche Dir
einen guten Kurs und viel Glück mit deinem Tanzpartner!
Liebe Grüße Olaf

Auch wenn es ihm nach dieser Absage an Antrieb mangelt, erneut auf die Suche zu gehen, rafft er sich trotzdem auf und tut, was er sich zu tun vorgenommen hat: erneut zu suchen. Olaf erinnert sich an Pauls Worte, dass auf einen Mann möglicherweise schwere Zeiten zukommen, wenn er sich für den Tango Argentino entschieden hat. Er hatte allerdings nicht damit gerechnet, dass die Schwierigkeiten schon beginnen, bevor er überhaupt den ersten Schritt getanzt hat. Wie soll man seine Partnerin klar und deutlich führen, wenn die Erfahrung fehlt, die Figuren noch nicht sitzen und auch noch im Rhythmus getanzt werden soll – von der Übersicht auf der Tanzfläche ganz zu schweigen. Aber er hat sich vorgenommen, das durchzustehen!

Einmal mehr öffnet er die Seite der Tanzpartnerbörse.

Sie könnte es sein: Dunkle, schulterlange, gelockte Haare, ausdrucksstarke Augen, perfekte Zähne, die ihr lächelnder Mund zeigt. Sie gefällt ihm. Er ist neugierig auf ihren Text und hofft, dass Alter und Größe zu ihm passen.

Liebe Tänzer,
leider musste mir mein Tanzpartner für TANGO ARGEN-
TINO wegen seiner Versetzung in eine andere Stadt absa-
gen. Solltest Du Interesse haben, mit mir einen Grundkurs
zu besuchen, würde ich mich sehr freuen.
Kurz zu meiner Person: 46 Jahre, 170 cm. Ich bring

viel Kondition mit, bin Nichtraucherin, temperamentvoll, habe eine gesunde Portion Ehrgeiz und möchte mich weiterentwickeln. Aber ohne den Spaß am Tanzen zu verlieren. Wir passen zusammen, wenn wir darüber lachen können, wenn ein Schritt nicht gleich klappt. Natürlich wäre es super, wenn du auf gepflegtes Äußeres Wert legst. Gut, so viel dazu …

Falls du denkst, das könnte passen, freu ich mich auf eine Nachricht von Dir. Und dann schauen wir einfach, ob es tanztechnisch und menschlich passt.

Verena

Warum nicht mit demselben Text antworten, den er auch Sabine geschickt hat? Dann müsste er Lore nicht noch mal bemühen. Er tauscht die Vornamen aus, liest seinen Text nochmals durch und schickt die Mail ab.

Zwischenzeitlich hatte sich Lore erkundigt, ob er schon eine Antwort erhalten hat. Olaf erzählte ihr von seinem Pech und seinem erneuten Versuch, eine Tanzpartnerin zu finden. Sie sprach ihm Mut zu, er würde schon noch die Richtige finden. Und wenn er Hilfe bräuchte, solle er nicht zögern und sie oder Paul anrufen.

Die beiden hatten ihm fürs Erste die Tangoschule »Urquiza« am Pfefferberg empfohlen. Dorthin könne er von seiner Wohnung aus zu Fuß gehen oder eine Station mit der U2 fahren. Bei Bedarf würde man ihm dort auch eine Tanzpartnerin zuweisen.

Doch das wollte Olaf nicht, es sollte schon alles passen. Am Abend des folgenden Tages erhielt er Verenas Antwort.

Lieber Olaf, danke für Deine Zuschrift. Es ist nicht die erste, die ich erhalten habe, doch eine, bei der ich ein richtig gutes Gefühl habe und auf die ich am liebsten antworte. Ich möchte nicht umständlich hin- und herschreiben, sondern mich mit Dir treffen. Ich gebe Dir meine Handynummer. Bitte ruf mich an!

Bis bald (?) und liebe Grüße Verena

PS: Ich wohne in der Ahornstraße, ganz in der Nähe vom Nollendorfplatz.

Olaf, der von Berufs wegen nie Alkohol trinkt, holt sich aus dem Kühlschrank eine Flasche Prosecco, die er für besondere Fälle reserviert hat. Während er voller Freude über die Zusage an seinem Glas nippt, macht er sich Gedanken, wo er sich mit Verena treffen könnte. Er schaut sich den Plan des S-Bahn- und U-Bahn-Liniennetzes an. Mit der U2 könnte sie vom Nollendorfplatz bis zum Prenzlauer Berg fahren, ohne umsteigen zu müssen. Er will ihr vorschlagen, sich am Pfefferberg zu treffen. Dort könnten sie sich die Räumlichkeiten von »Urquiza« anschauen und sich gleich zum Kurs anmelden – vorausgesetzt, sie verstehen sich gut und werden sich einig.

Beflügelt von der Wirkung des Alkohols gibt er sich seinen Fantasien hin. Er widersteht standhaft der Versuchung, Verena gleich anzurufen, entschließt sich aber – getreu seiner Devise, noch eine Nacht darüber zu schlafen – es erst morgen Abend zu tun.

Olaf öffnet noch mal die Seite der Tanzpartnerbörse, geht auf Verenas Eintrag und druckt das Foto aus. Als er dieses etwas genauer betrachtet, entdeckt er ihre leicht geschwungene Nase, den Glanz ihrer Lippen und vor allem die Locke, die sich über ihr linkes Auge hinunterzwirbelt und es geheimnisvoll verbirgt. Welch frappierende Ähnlichkeit sie mit einer Frau hat, mit der er vor mehr als zehn Jahren in Israel beruflich zu tun hatte! Er als Leibwächter, der einen deutschen Politiker bei einem Staatsbesuch begleitete – sie als Polizistin, die ihrem Regierungsvertreter Geleitschutz gab. Am letzten Tag seines Aufenthaltes in Tel Aviv hatten sie sich bei einem Bankett kennengelernt und nach seiner Rückkehr einander ein paar Mal geschrieben. Ein von ihm heimlich aufgenommenes Foto, das sie in ihrer dunkelblauen Uniform mit Schildmütze und umgehängter MP zeigt, hat er immer noch. Esther! Wie sie sich damals vorstellte – dieser durchdringende Blick und diese sonore Stimme – das hat er bis heute nicht vergessen.

Diese Erinnerung überträgt er nun auf Verena. Er legt beide Bilder, das von Esther und das von Verena, nebeneinander und ist erstaunt über die Ähnlichkeit. Sollte er Esther in einer anderen Frau wiederbegegnen?

Olaf schenkt sich ein weiteres Glas ein. Er redet zwar nicht mit sich selbst, aber er ist sich sicher, wenn er jetzt Verena anrufen würde, könnte er sich nur noch schwerfällig artikulieren. Doch sein Erinnerungsvermögen ist noch intakt und es führt ihn weit hinein in die Tiefe seiner Vergangenheit. Wie im Traum lösen sich Bilder aus seinem Unterbewusstsein. Seine vor langer Zeit verstorbene Mutter erscheint auf seiner inneren Leinwand. Ausgelassen spielt sie in wehendem Sommerkleid mit seinem Vater Federball. Nein, er kann es nicht glauben:

Esther und Verena sind das exakte Ebenbild seiner Mutter!

Olaf erinnert sich, in der Schlafzimmerkommode befindet sich eine vergessene Pralinenschachtel von Suchard, in der seine Eltern ihre Fotos aufbewahrt hatten. Nun endlich ist der Zeitpunkt gekommen, sie zu öffnen. Wie gut, dass ihn niemand sehen kann, als er sich eher torkelnd als gehend ins Schlafzimmer begibt. Die Kommodenschublade klemmt, als er sie herausziehen will. Er muss seine ganze Kraft aufwenden. Schließlich gibt sie nach und er plumpst samt Schublade nach hinten auf sein Bett. Nach einer Schrecksekunde sammelt er die auf dem Boden verstreut liegenden Bilder ein. Anschließend verteilt er die in die Tage gekommenen, gekrümmten und an den Rändern gezackten Schwarz-Weiß-Fotos auf dem Bettüberwurf. Diejenigen, auf denen seine Mutter abgebildet ist, sortiert er heraus. Wie schön sie ist und wie sehr sie ihm fehlt! Und er sucht sie immer noch in den Frauen dieser Welt, denen er begegnet.

Durch die Wirkung des Alkohols müde geworden legt er sich hin, ohne seine Kleidung ausgezogen und die Fotos weggeräumt zu haben. Seine Erinnerungen nimmt er mit in den Schlaf. Selbst das Klingeln des Telefons kann ihn nicht wecken.

Lore hat auf dem Anrufbeantworter eine Nachricht hinterlassen: »Hallo Olaf, du lässt gar nichts mehr von dir hören. Ist alles in Ordnung? Bist du mit deiner Suche nach einer Tanzpartnerin weitergekommen? Melde dich doch mal! Wir sind abends meistens zu Hause. Liebe Grüße, auch von Paul, Lore.«

Das will er aber erst tun, nachdem er mit Verena telefoniert hat. Es wird ein langer Tag für ihn werden, voller Ungeduld und Hoffnung. Erwartungen werden im Leben bekanntlich häufig enttäuscht, wie oft hat er das schon erleben müssen. Doch das Wichtigste ist, dass er alles versucht hat. Nur dann kann sich das Füllhorn des Lebens über einen ergießen.

Olaf ist nervös, als er am Abend Verenas Handynummer wählt.

»Verena!«

»Hier ist Olaf. Du erinnerst dich?«

»Ja, natürlich. Kann ich dich später zurückrufen? Es geht gerade nicht.«

»Okay, ich bin in den nächsten Stunden erreichbar. Bis dann.«

Das fängt ja gut an, denkt er sich. Um sich abzulenken, ruft er dann doch gleich bei Lore an. Paul hebt ab und erfährt von Olafs bisherigen Versuchen, eine Tangopartnerin zu finden.

Das Leben macht es einem oft nicht leicht. Und der Tango setzt noch eins drauf, er macht es einem noch schwerer! Es ist wie mit dem Klavierspielen – auch sehr mühsam! Du suchst dir ein Klavier aus, es wird geliefert, aufgestellt und gestimmt. Du beginnst mit der Tonleiter in C-Dur, Fingerübungen, dann mit einfachen Stücken von Czerny und so weiter … Du willst immer wieder hinschmeißen, hältst aber durch, weil du eine einfühlsame Klavierlehrerin hast, die dir Mut macht. Irgendwann macht dir das Klavierspielen Spaß, weil du durchgehalten und dir, natürlich auch deiner Lehrerin zuliebe geübt hast. Ähnlich ergeht es vielen mit dem Tango. Bleib also standhaft, mein Freund! Auch du wirst, wie Lore und ich, sehr viel Freude mit dem Tango haben.«

»Danke, dass du mir Mut machst! Früher habe ich dir Ratschläge gegeben, jetzt hast du mir geholfen.«

»Gerne, Olaf. Ruf an, wenn du mit Verena gesprochen hast!«

Das mit dem Vergleich Tangotanzen/Klavierspielen hat Paul schon sehr geschickt angestellt. Olaf setzt sich ans Klavier. Als er den Deckel anhebt, fällt ihm die feine Staubschicht auf, die sich während der Monate des Nichtübens darauf abgesetzt hat. Aber erst will er mal spielen, der Staub kann warten. Die Noten, die über der Tastatur auf ihn warten, sind noch vom letzten Stück, das er im Unterricht geübt hatte – Michael Nymans *The Piano*. Ob er das noch hinkriegt? Eine Herausforderung für seine linke Hand, zugleich aber auch ein Türöffner zu seinem Herzen.

Auch wenn die Abläufe immer noch in seiner Erinnerung gespeichert sind, tun sich seine Finger schwer, diese umzusetzen. Doch er versucht es immer wieder, bis es schließlich klappt und sein Handy ihn unterbricht.

»Ja?«

»Ich bin's, Verena. Entschuldige, dass ich dich vorhin abwürgen musste! Aber mein Mann ist in meiner Nähe gewesen.«

»Du bist also verheiratet. Wieso machst du dann den Kurs nicht mit ihm?«

»Tanzen liegt ihm nicht, er hat kein Taktgefühl und überhaupt … «

»Habt ihr Probleme?«

»Ja, leider. Er ist krankhaft eifersüchtig. Die Situation ist nicht einfach für mich. Ich möchte gegen seinen Willen den Kurs machen. Ich könnte es daher verstehen, wenn du aus diesem Grund einen Rückzieher machen würdest.«

»Ich muss darüber nachdenken. Kannst du morgen Abend zum Pfefferberg kommen? Dann werden wir weitersehen.«

»Wo ist das?«

»Dieses Lokal, in der sich auch eine Tangoschule befindet, liegt an der Schönhauser Allee. Nimm die U2 bis zum Senefelderplatz, von dort ist es nicht mehr weit. Kannst du kommen?«

»Ja, ich versuche es. Danke und bis bald!«

Eine große Ernüchterung macht sich in Olaf breit. Endlich hat er eine Partnerin für den Kurs gefunden, die ihm auch noch gefällt. Doch dann stellt sich heraus, dass sie verheiratet ist, dazu noch mit einem eifersüchtigen Mann, vor dem sie ihren Kurs verheimlichen muss. Seine Euphorie ist dahin. Kann es denn nicht einfach mal gut gehen? Trotzdem wird er sich morgen mit Verena treffen. Aber das ist ihre Angelegenheit. Sie hat es sicher nicht leicht. Nichtsdestotrotz wird er sich heute noch etwas Gutes gönnen: Essen gehen, vielleicht danach noch ins Kino. Er zieht sich um und fragt sich, wohin am besten. Kollwitzplatz oder Kulturbrauerei? Egal, wie er sich entscheidet, beides ist gleich weit. Als er das Haus verlässt, lenkt er, ohne zu überlegen, seine Schritte in Richtung Kulturbrauerei.

Jedes Mal vor einer Verabredung setzt Olaf seine Kopfhörer auf und hört Musik, zu der er sich im Stehen mit geschlossenen Augen bewegt. Dieses Ritual nahm seinen Anfang vor Jahren, als er sich mit einer Frau treffen wollte, die er seit Langem begehrte. An diesem Abend hatte er einen Durchhänger und er fühlte sich dieser für ihn so wichtigen Begegnung nicht gewachsen. Ob es Zufall war oder nicht, im Radio wurden Oldies gespielt und er spürte, was das bei ihm bewirkte. Die Schwere seiner depressiven Stimmung legte sich, es kam wieder Schwung in seinen Körper. Er hatte sich dann beim Sender nach dem Musikprogramm in dieser Stunde erkundigt und notierte sich die drei Songs, auf die er so positiv reagiert hatte:

Leonard Cohen *First We Take Manhattan*, Randy Newman *Baltimore*, Joe Cocker *N'oubliez jamais*.

Auch heute Abend tanzt Olaf zu dieser Musik und lässt jede seiner Zellen wie einen Akku aufladen. Von diesem Energie- und Stimmungsmix angetrieben macht er sich zu Fuß auf den Weg durch die Schönhauser Allee, am Jüdischen Friedhof vorbei zum Pfefferberg.

Viele Tische in diesem Gartenlokal sind mit mehreren Personen besetzt. Doch eine Frau, die Verena sein könnte, sitzt allein, in Blickrichtung zur Treppe. Olaf geht zielstrebig auf sie zu.

»Verena?« Sie lächelt, nickt, steht auf und bietet ihm ihre Wangen für die üblichen Küsschen an. Obwohl er diese Art von Begrüßung nicht kennt, weiß er instinktiv, was zu tun ist. Wie gut sie duftet und wie hübsch sie ist!

»Wie schön, dass du kommen konntest! War's schwierig?«
Olaf hat sich ihr gegenüber an den Tisch gesetzt und schaut
sie fragend an. Verena muss überlegen, bevor sie antwortet.
»Weißt du, ich muss mir immer gute Gründe zurechtlegen,
wenn ich die Wohnung verlassen möchte. Mein Mann ist
sehr misstrauisch und lässt mir kaum Freiraum.«

»Hm, das hört sich nach Stress an. Wie stellst du dir
das mit dem Kurs vor?«

Die Bedienung kommt vorbei, grüßt und schaut die
beiden fragend an. Verena bestellt ein Tonic Water, Olaf
ein Mineralwasser.

»Mein Mann ist mittwochs immer mit seinen ehemaligen Arbeitskollegen beim Kegeln. Das ist für mich die
einzige Möglichkeit wegzukommen. Ich will es jedenfalls versuchen und hoffe, dass ich dir nicht zu viel zumute. Du hast es dir wahrscheinlich ganz anders vorgestellt mit mir.«

»Ja, habe ich. Doch ich möchte mich darauf einlassen,
weil du mir sympathisch bist.«

»Danke, auch du warst mir auf Anhieb sympathisch!«
Dabei legt Verena ihre Hand auf seinen Unterarm.

Olaf unterbricht den Moment des Schweigens, indem
er auf die Fensterfront zeigt.

»Schau, dort drüben findet gerade ein Kurs statt.«

»Ja, habe ich schon gesehen.«

»Wollen wir uns nachher anmelden?«

»Ja, gerne!«

Ihre ersten drei Kursabende verliefen Erfolg verspre-
chend. Bis auf Verenas private Situation wäre alles perfekt

gewesen. Sie verstehen sich bestens, im Tanz, wie auch im persönlichen Verhältnis. Olaf hat keinerlei Mühe, sich die gezeigten Figuren zu merken. Gleichermaßen talentiert zeigt sich Verena, die sich leicht führen lässt und außerdem eine gute Figur abgibt, nicht zuletzt durch die Eleganz ihrer Bewegungen und ihr geschmackvolles Tango-Outfit. In Olaf hat sie einen Partner, der das auch wahrnimmt, schätzt und mit Komplimenten nicht geizt. Wie jede Frau fühlt sich Verena geschmeichelt. Ihr Mann hatte sich das im Verlauf ihrer Ehe längst abgewöhnt. Das leidenschaftliche Werben vor ihrer Hochzeit war längst Vergangenheit. Die Jahre danach waren nur noch von krankhafter Eifersucht geprägt – und das bis zum heutigen Tag. Dieter, ihr Mann, muss in seinem letzten Leben Sizilianer gewesen sein.

Ihr Kurs besteht aus sieben Paaren. Wie handverlesen passen sie zusammen – ein Glücksfall, eine harmonische Fügung. Alle freuen sich jedes Mal auf den Mittwochabend. Wie gerne wäre Verena nach dem Kurs noch mit Olaf und der Gruppe zusammengesessen! Doch um ihr Geheimnis zu wahren, musste sie noch rechtzeitig vor ihrem Mann zu Hause sein.

Ein einziges Mal, als dieser zur Geburtstagsfeier seines Chefs eingeladen war, hatte sie die Gelegenheit genutzt, um Olaf in seiner Wohnung zu besuchen und gemeinsam zu üben. An diesem Abend sind sie sich nähergekommen. Ein Glas Rotwein, ein kleines Missverständnis bei einer Figur, daraufhin ein verlegenes Lächeln, ein tiefer Blick, dann der Kuss!

Seit ihrem Kennenlernen hatte Olaf Verenas Ehe respektiert, wenn auch schweren Herzens. Also musste sie ihm entgegenkommen, ihn verführen – und sie tat es.

»Lieber Olaf, wir können uns heute Abend leider nicht sehen. Mein Mann muss zu Hause bleiben, er hat einen Magen-Darm-Infekt. Ich bin so traurig, dass ich nicht wegkomme und dich nicht sehen kann. Bitte versteh' mich! Ich werde dich sehr vermissen, deine Verena.«

Olaf erhält diese SMS zwei Stunden vor Beginn ihres Kurses. Spätestens jetzt wird ihm klar, wie sehr er Verena mag.

Liebe Verena, es gibt Tage wie der heutige, die man schnell vergessen sollte. Ich habe mich so sehr auf unseren Abend gefreut und jetzt kommt deine Absage. Können wir uns trotzdem kurz sehen, wenn du unter einem Vorwand die Wohnung verlässt? Ich würde im Secondhandshop auf dich warten. Mische ihm zwei Schlaftabletten in den Tee! Ich könnte in einer Dreiviertelstunde bei dir sein. Was meinst du?

Olaf macht sich fertig. An diesem Abend kann er auf keinen Fall zu Hause bleiben. Zur Not würde er auch allein zum Kurs gehen. Das Signal seines Handys kündigt eine Nachricht an.

»Ich kann es nicht versprechen, will es aber versuchen. Also um halb sieben in der *Garage*. Um sieben macht sie übrigens zu. Ich mag dich!«

Olaf nimmt den kürzesten Weg zur U2 und steigt an

der Haltestelle Eberswalder Straße ein. Seine Gefühle fahren Achterbahn!

Haltestelle Bülowstraße. An der nächsten muss er aussteigen. Dem Anschein nach leben hier viele Schwulenpärchen; die regenbogenfarbenen Fähnchen, an manchen Balkonen befestigt, zeigen es an. Doch Olaf sehnt sich nach einer Frau, die er, wenn er Glück hat, gleich treffen wird. Voller Erwartung geht er die Treppe zum Kleidermarkt hinunter, in dem die gekauften Teile nach Gewicht berechnet werden.

Doch so sehr er sich auch zwischen den unzähligen Kleiderständern umsicht und sämtliche Vorhänge der Umkleidekabinen anhebt – er kann Verena nicht finden. Stattdessen überrascht er einen Mann, der gerade in ein rotes Abendkleid schlüpft.

Der Zeiger der Uhr bewegt sich unerbittlich auf die Sieben zu, aber Verena kommt nicht. Olaf hat nichts zum Abwiegen in seinem Körbchen. Er kauft sowieso nicht von der Stange und erst recht keine Secondhandware. Er wird darauf hingewiesen, dass gleich geschlossen wird. In den folgenden Minuten bewegt er sich wie ein Tai-Chi Übender, für den Zeit keine Rolle spielt.

Die Ahornstraße ist eine Sackgasse und nicht lang. Olaf kennt zwar Verenas Hausnummer, aber ihren Nachnamen nicht. Er bleibt ein paar Minuten vor dem Hauseingang stehen und geht, als sie nicht herauskommt, enttäuscht weiter. Bevor er in die Karl-Heinrich-Ulrich-Straße einbiegt, die zum Nollendorfplatz führt, dreht er sich noch einmal um und blickt auf eine menschenleere Straße zurück. Er hat sich inzwischen damit abgefunden,

Verena heute nicht mehr zu sehen. Sie hätte ihm doch schreiben können, denkt er. Alle möglichen Szenarien kommen ihm in den Sinn, warum sie sich nicht meldet. Am meisten stört ihn, dass er zur Untätigkeit verurteilt ist. Die einzige Möglichkeit, aktiv zu werden, wäre, ihr eine SMS zu schreiben. Und das will er jetzt tun, denn noch hält er sich in der Nähe ihrer Wohnung auf.

Liebe Verena, ich bin ganz in deiner Nähe. Warum kommst du nicht? Ich mache mir Sorgen um dich!

Fünf Minuten will er noch warten. Doch auch diese vergehen, ohne dass etwas geschieht. Längst vergangene Gefühle kommen in ihm hoch. Schon einmal hatte er vergeblich auf ein Mädchen, in das er verliebt gewesen war, gewartet. Diese Enttäuschung hatte er nie ganz überwunden und bis zum heutigen Tag in sich aufbewahrt. Damals Elke, heute Verena – dasselbe schmerzhafte Gefühl des Verlassenseins.

Das alles wird ihm jetzt bewusst. Er beginnt, tief zu atmen, stellt sich seinem Schmerz, dreht sich um und läuft mit entschlossenen Schritten in Richtung Nollendorfplatz davon.

Seine Gefühlswelt befindet sich in einem chaotischen Zustand, als er im Eingang des U-Bahnhofs untertaucht.

Inzwischen hat Verena endlich einen Grund gefunden, um die Wohnung verlassen zu können. Der Kamillentee, mit dem sie ihren Mann behandelt, sei ausgegangen, sagt sie ihm. Noch vor wenigen Minuten hatte sie Olaf auf der Straße vorbeigehen sehen, als sie aus dem Küchenfenster schaute. Vielleicht kann sie ihn noch erreichen, wenn sie sich beeilt. Und das tut sie. In zwei Minuten hat sie die Einmündung zur Karl-Heinrich-Ulrich-Straße erreicht. Sie wendet sich nach rechts, in die Richtung, in der sie Olaf vermutet, für den Fall, dass sich dieser schon auf den Heimweg gemacht hat. Sie bleibt stehen und hält nach ihm Ausschau. Dann meint sie, ihn zu sehen, ganz vorne an der Kreuzung.

Sie schreit so laut sie kann: »Olaf, Olaf!«

Doch der Name ihres Geliebten verliert sich im Lärm der vorbeifahrenden Autos und kann so die Distanz von zweihundert Meter nicht überwinden. So geht Olaf, der sehnlichst dieses Rufen erwartet hat, weiter. Verena trägt nicht gerade die idealen Schuhe für einen Sprint in Richtung U-Bahnstation, trotzdem spurtet sie los. Aber auf halber Strecke gibt sie auf. Es ist aussichtslos. Doch eine Möglichkeit, Olaf zu erreichen, gibt es noch: das Handy! Sie gibt seine Nummer ein und wartet aufgeregt.

Gerade, als die U2 in den Bahnhof Bülowstraße einfährt, holt Olaf sein Handy heraus, um Verena zu schreiben. Da entdeckt er einen Anruf – einen von Verena! Allerdings schon vor elf Minuten. Gerade als er sie zurückrufen will, erreicht ihn eine SMS von ihr.

Mein lieber Olaf, ich bin so traurig, dass wir uns nicht treffen konnten! Ich habe dich vom Küchenfenster aus gesehen, kam aber nicht so schnell weg. Jetzt stehe ich auf der Straße und bin leider zu spät gekommen. Es tut mir so leid! Ich muss dich sehen, so bald wie möglich!!! Deine Verena

Meine liebe Verena, endlich erhalte ich ein Lebenszeichen von dir! Ich habe mir solche Sorgen gemacht. Leider bin ich bereits in der U-Bahn auf Höhe Gleisdreieck. Aber wenn du genügend Zeit hast, kehre ich bei nächster Gelegenheit um. Bitte antworte schnell!

Doch dann herrscht Funkstille. So bleibt Olaf nichts anderes übrig, als seinen Weg fortzusetzen. Er steigt bereits am Rosa-Luxemburg-Platz aus, überquert die Torstraße und geht die Schönhauser Allee hinauf zum Pfefferberg. Er braucht jetzt Bewegung, um sich von der Anspannung der vergangenen Stunde zu lösen. Auch wenn er allein kommen wird, so will er trotzdem bei seinem Kurs vorbeischauen.

Mit der Frage »Wo ist Verena?« wird er von den andern empfangen. »Sie kann leider nicht kommen, ihr Mann ist krank.«

Chiche schlägt vor, dass immer ein Mann für zehn Minuten aussetzt, um Olaf mit einzubeziehen. Alle sind einverstanden und die Frauen freuen sich auf die Tänze mit ihm. Er spürt, dass ihm das guttut und er von der schwierigen Situation mit Verena abgelenkt wird, wenn auch nur für diese eine Stunde.

Wie unterschiedlich sich die Tänzerinnen führen lassen! Manche liegen ihm mehr, manche weniger. Das hat ihm Paul bereits erzählt, als er ihn mit Fragen zum Tango gelöchert hatte. Unabhängig davon – reizvoll sind sie alle!

Nach der Stunde sitzen sie noch draußen zusammen. Es ist ein herrlicher Frühsommerabend. Bis dann einige aufbrechen; sie müssen morgen arbeiten. Nun ist Olaf wieder mit sich und seinen Gedanken an Verena allein. Zu Hause angekommen schreibt er ihr eine SMS und erzählt vom Kursabend. Mit »Ich liebe dich, dein Olaf« setzt er für heute einen Schlusspunkt und sieht mit gemischten Gefühlen einer ungewissen Zukunft entgegen.

Paul kennt das Leben wie fast kein anderer und kaum etwas kann ihn noch überraschen. Doch heute Morgen ist es wieder einmal der Fall. Eigentlich hätte er im Büro einen ruhigen Tag gehabt, bis zu dem Zeitpunkt, als das Telefon klingelt. Er hebt ab.

»Hallo Paul, hier ist der Frank, wir kennen uns von der Milonga in Nizza. Erinnerst du dich?«

»Ah, der Freelancer-Fotograf. Das ist ja eine Überraschung! Wie geht es dir?«

»Hervorragend. Ich hatte einen guten Flug und das Wetter ist schön in Berlin.«

»Du bist in Berlin? Hast du deine Fotos mitgebracht?«

»Ja, das natürlich auch ... «

»Und was noch?«

»Eine Überraschung für dich! Wann und wo können wir uns treffen?«

»Jetzt gleich oder später?«

»Wir könnten gemeinsam essen gehen, wenn es dir passt.«

»Wo wohnst du?«

»In einem Hotel in der Kastanienallee.«

»Dann komm doch heute Abend in das Lokal »Zur Rose«. Gehe die Kastanienallee hinunter in Richtung

Rosenthaler Platz. Kurz davor findest du die »Rose« auf der rechten Seite. Um sieben, passt dir das?«

»Ja klar, ich freue mich!«

»Ich mich auch. Bis später!«

Paul hinterlässt Lore eine Nachricht auf dem Küchentisch. »Meine Liebe, bin um 19 Uhr mit einem Kunden in der Rose verabredet. Komm doch nach, wenn du möchtest. Küsse, Paul«

Kurze Zeit später findet er gerade noch einen Tisch draußen vor dem Lokal. Ein Glück, denn an diesem herrlichen Abend will niemand zu Hause bleiben.

»Einen Chardonnay?« fragt im Vorbeigehen die Bedienung, die ihn kennt. Paul nickt.

Gruppen von jungen Menschen flanieren vorbei. Sie unterhalten sich in deutscher, englischer oder spanischer Sprache, schieben Kinderwagen oder ziehen Hunde an der Leine hinter sich her. Eine junge Frau löst sich aus dem Schatten eines Alleenbaumes und bewegt sich zögerlich und etwas schüchtern auf den Tisch von Paul zu.

»Guten Abend, Paul«, sagt sie leise, fast unhörbar.

Paul setzt sein Glas ab und blickt in das Gesicht einer jungen bildhübschen Frau. Er versucht sich zu erinnern. Dann erkennt er sie: Cristina aus Nizza!

Die Überraschung ist gelungen. Er freut sich wie selten zuvor, steht auf, nimmt sie in seine Arme und drückt sie ganz fest an sich.

»Bitte, setz dich doch zu mir!« Er zeigt auf den Stuhl gegenüber. Doch Cristina ignoriert diese Geste, nimmt neben ihm Platz, legt den Arm um ihn und küsst ihn auf den Mund. In Paul werden Erinnerungen an die Tage in Nizza wach: dieser Mund, dieser betörende Duft Cristinas.

»Ich wollte dich noch einmal sehen, bevor ich … « Sie zögert auszusprechen, was sie ihm sagen wollte.

»Bevor du was?«

»Bevor ich heiraten werde.« Jetzt hat sie's übers Herz gebracht.

»Ist es Frank? Bist du mit ihm gekommen?«

»Frank hat mich nur mitgenommen. Aber ich heirate nicht ihn, sondern Sébastien. Das ist der Sohn meines Chefs.«

Paul schaut auf die kleine Wölbung, die sich unter ihrem Kleid abzeichnet. »Bekommst du ein Kind von ihm?« Cristina legt die Hände auf ihr Bäuchlein und nickt.

Die Bedienung, die Paul und Lore als Paar kennt, wirft einen ungläubigen Blick auf die beiden und eilt weiter.

Wenn Lore jetzt kommt, was wird sie denken? Er sei mit einem Kunden verabredet, hatte er ihr als Nachricht hinterlegt. Pauls Blick geht hinunter zur Apotheke am Rosenthaler Platz, denn dort würde sie um die Ecke kommen. Währenddessen nähert sich Frank aus der entgegengesetzten Richtung. Einfühlsam, wie es seine Art ist, gönnte er den beiden das Wiedersehen nach so langer Zeit erst einmal ohne ihn.

Eng aneinander geschmiegt sitzend, ihre Hand von seiner festgehalten. Ihre Lippen berühren sein Ohr, als sie ihm gerade etwas zuflüstert – er lächelt. So trifft Frank sie an.

»Ich störe doch hoffentlich nicht.«

»Nein, setz dich doch zu uns!« Paul hat das zwar freundlich gemeint, aber nicht so ganz ehrlich.

Frank setzt sich ihnen gegenüber auf einen Stuhl.

»Hast du Cristina gleich wiedererkannt?«

»Nur, weil sie mich angesprochen hat. Wie lange bleibt ihr in Berlin?«

»Drei Tage. Hast du morgen Zeit um die Fotos anzuschauen, die ich mitgebracht habe?«

»Ja, kommt doch in mein Büro! Hast du sie auf deinem Laptop?«

»Ja. Wann passt es dir?«

»Am besten gegen 18 Uhr. Wir könnten anschließend essen gehen und danach eine Milonga besuchen, wenn ihr wollt.«

Cristina hat ihre Hand aus der von Paul gelöst und rückt etwas von ihm ab, als sie Frank auf den Tisch zukommen sieht. Frank weiß zwar, dass die beiden etwas miteinander hatten, sonst hätte er sie ja nicht nach Berlin mitgenommen. Aber er kennt auch ihren Verlobten Sébastien, zu dem er als Stammgast des Gourmet-Restaurants, das wiederum dessen Vater gehört, ein freundschaftliches Verhältnis pflegt. Frank darf davon wissen, muss es aber nicht unbedingt mitbekommen, so Cristinas Strategie. Das ist auch im Sinne von Paul, der gerade Lore um die Ecke biegen sieht.

»Guten Abend allerseits!« Lore steht nun vor ihnen, nachdem sie sich noch kurz zuvor mit Bekannten unterhalten hatte, die gerade aus der Straßenbahn ausgestiegen waren.

Die beiden Männer erheben sich. Frank stellt sich vor, Paul gibt seiner Frau ein Küsschen und bietet ihr den freien Stuhl neben Frank an. Dann stellt dieser ihr auch Cristina vor, die sichtlich beeindruckt ist von Lores Ausstrahlung.

»Und ihr drei habt euch letzten Spätsommer in Nizza kennengelernt?«

»Ja, wir sind uns auf einer Open-Air-Milonga begegnet.« Frank, der redselige Rheinländer, bestreitet die Unterhaltung am Tisch. Er ist sichtlich von Lore angetan und schmeichelt ihr mit der Bemerkung »Schade, dass du nicht dabei gewesen bist!«

»Ja, ich glaube, das wäre besser gewesen als zu Hause zu bleiben.« Ein kurzer Blick auf Cristina verrät die Andeutung ihrer Aussage.

»Dann sicher beim nächsten Mal. Die Abende in Nizza sind traumhaft schön. Wir könnten in der Altstadt bei Cristinas Freund essen gehen und anschließend am Place Garibaldi tanzen.«

»Klingt gut. Ich bin mir nur nicht sicher, ob mich Paul dabeihaben möchte.« Lores Blicke wandern zwischen Paul und Cristina hin und her. Alle ahnen, worauf sie anspielen wollte. Selbst Frank, der sonst nie um ein Wort verlegen ist, kann darauf nichts erwidern und schweigt.

»Warum sollte ich das nicht wollen?« Paul spielt den Entrüsteten, ist doch Lore für ihn die absolute Nummer Eins in seinem Leben. Aber wenn sie mal nicht dabei ist, scheint er für das eine oder andere Abenteuer allemal offen zu sein. Die harmonische Stimmung am Tisch hat unter Lores Bemerkung gelitten. Sie wirkt unter den

Vieren wie ein Fremdkörper und spürt das auch selbst. Deshalb drängt sie zum Aufbruch mit der Begründung, sie sei müde.

»Also dann morgen um 18 Uhr in deinem Büro.« Frank reicht Paul die Hand und möchte sich von Lore mit Küsschen verabschieden, doch diese macht auf Abstand und gibt ihm stattdessen die Hand. Ebenso distanziert verabschiedet sie sich von Cristina und vermeidet dabei den Augenkontakt.

Frank und Cristina bleiben noch sitzen. Sie sind beide Nachtschwärmer und wollen daher die wenigen Abende, die sie in Berlin verbringen, bis zur letzten Stunde auskosten. Später möchten sie noch ans Spreeufer. Der Weg dorthin führt über die Rosenthaler Straße zum Hackeschen Markt, und von dort ist es nicht mehr weit. Diesen Tipp hat Paul ihnen gegeben. Er selbst liebt diesen Teil Berlins, der von seiner Wohnung zu Fuß erreichbar ist. Dieser Frühsommerabend ist traumhaft schön; Berlin zeigt sich von einer unwiderstehlich romantischen Seite.

Paul kennt seine Frau inzwischen gut genug, um zu wissen, dass der Haussegen schief hängt. Trotzdem greift er nach ihrer Hand, als sie das Lokal verlassen. Doch Lore verweigert sich. Für sie ist in den letzten Minuten eine Welt zusammengebrochen, als sie bemerkte, dass Cristina schwanger ist. Ihr sehnlichster Wunsch, ein eigenes Kind zu bekommen, kann nicht erfüllt werden – das hatten mehrere Untersuchungen ergeben. Sie wird von Eifersucht überwältigt und reimt sich Folgendes zusammen: Paul ist im Spätsommer in Nizza gewesen und nun besucht die schwangere Cristina ihn in Berlin. Lore ist jetzt gefangen in der Welt ihres Schmerzes. Kein Licht kann mehr in die Düsternis ihres Bewusstseins eindringen, auch kein Gedanke der Vernunft. Selbst von ihren Bekannten, die im Nachbarlokal Platz genommen haben und ihr zuwinken, nimmt sie keine Notiz. Nur noch weg von hier! Aber wohin?

Cristina hat die beiden beobachtet und fühlt sich schuldig. Paul tut ihr leid, sie möchte ihm beistehen. Doch wie? Frank, der davon nichts mitbekommen hat, winkt der Bedienung, begleicht die Rechnung und führt Cristina wenige Minuten später über die Kreuzung am Rosenthaler Platz.

Zu Hause angekommen lässt sich Paul ratlos auf die Couch fallen. Er hatte vergeblich versucht, mit Lore ins Gespräch zu kommen. Doch diese blieb unzugänglich und stürmte davon, als sie die Treppe zur U-Bahn erreicht hatten.

Ganz außer Atem drückt Lore den Klingelknopf am Eingang des Blocks, in dem sich die Wohnung ihrer besten Freundin befindet. Bitte, bitte, sei zu Hause, betet Lore. Sie hat Glück und Anita öffnet.

Paul hat inzwischen genug gegrübelt und ist damit auf keinen grünen Zweig gekommen. Er kennt Lore zur Genüge und weiß, dass alles wieder gut werden wird. Nur wann? Lore wird Zeit brauchen – einige Tage oder gar Wochen – und sie wird den Beistand ihrer besten Freundin suchen. Bei ihr hat Paul allerdings ein ungutes Gefühl, da sie in der Vergangenheit öfter gegen ihn Partei ergriffen hatte.

Doch er hat keine Wahl und will Anita gegen später anrufen, falls Lore bis dahin nicht zurückgekommen sein sollte.

Cristina ist äußerst wortkarg und in sich gekehrt. Frank ist das nicht entgangen. Die Hackeschen Höfe, der lebhafte Hackesche Markt, die Musikgruppen im Monbijoupark und die Touristenboote auf der glitzernden Spree lassen sie kalt. Für all das hat sie kein Auge.

»Was hast du?«

»Ach, nichts«, antwortet sie ausweichend.

»Denkst du an Paul?«

»Ja.«

»Du musst ihn loslassen. Er hat sein Leben hier in Berlin und du deins in Nizza.«

»Ich weiß, aber trotzdem fällt es mir schwer.«

Paul wählt Anitas Telefonnummer. Doch nur der Anrufbeantworter meldet sich.

»Hallo Anita, bitte ruf mich zurück, wenn du zu Hause bist! Es ist wegen Lore.«

Er fühlt sich einsam und verlassen, genauso wie Cristina und Lore, doch Letztere hat wenigstens ihre Freundin, der sie gerade verzweifelt ihr Leid klagt.

Frank und Cristina sitzen am Rande des Parks auf den Treppenstufen zur Spree hinunter und blicken auf die überfüllte Tanzfläche, auf der die Paare in Tangohaltung mit minimalsten Bewegungen und Innehalten versuchen, ihren Raum zu finden und irgendwie dem

Rhythmus der Musik gerecht zu werden. Die beiden sind etwas enttäuscht, denn sie dachten, hier würden die Könner tanzen.

»Die guten Tänzer kommen erst später«, erfährt Frank von einem Ortskundigen, der neben ihm sitzt.

Sie entscheiden sich hierzubleiben, sich dem Zauber dieses Ortes hinzugeben und sich von den Bewegungen der Tanzpaare, der Spreewellen und deren flackernden Spiegelungen an der Rückseite des Bode-Museums einlullen zulassen. Während Frank ihre Getränke am Kiosk besorgt, wird Cristina von dem Herrn, der in derselben Reihe wie sie sitzt, zum Tanz aufgefordert.

Gerne würde Paul etwas unternehmen, sich in irgendwelche Aktivitäten flüchten, zum Beispiel an der Spree tanzen. Aber er harrt aus, es könnte ja noch ein Rückruf von Anita kommen. Doch der kommt und kommt nicht. Als er sich in seiner Hilflosigkeit in den Whiskey flüchtet und schließlich im Schlaf seine Erlösung findet, hört er das Klingeln des Telefons nicht mehr.

Verkatert hört er am nächsten Morgen seinen Anrufbeantworter ab, der blinkend eine Nachricht anzeigt. Er hatte es nicht mehr bis zum Bett geschafft, hatte irgendwann eine Decke über sich gezogen und die Nacht auf der Couch verbracht. Dementsprechend erschlagen fühlt er sich an diesem Morgen.

»Hallo Paul, sei beruhigt! Lore ist bei mir und wird so lange hier wohnen, bis sie bereit ist, zu dir zurückzukehren. Mache dir in der Zwischenzeit Gedanken über dein

Verhalten als Ehemann und versuche dich, soweit es dir überhaupt möglich ist, in Lore hineinzufühlen. Lass sie in Ruhe und ruf nicht mehr an! Nutze stattdessen deine Zeit zur Selbsterkenntnis! Anita.«

Während Paul sich nicht vorstellen kann, an diesem Tag zur Arbeit zu gehen, sich am Ende – gegen alle Widerstände ankämpfend – aber doch noch aufrappelt, nimmt sich Anita am Frühstückstisch die immer noch geknickte Lore zur Brust. Es nervt sie, dass sie sich jedes Mal hängen lässt und sich in ihrem Selbstmitleid suhlt. Deshalb verhindert Anita auch, dass sich Lore für den heutigen Tag krankmeldet.

»Paul kann diese Frau unmöglich geschwängert haben. Rechne doch mal nach!« Lore bekommt von Anita zu dieser Rechenaufgabe auch gleich noch einen Darjeeling serviert. Appetit hat sie keinen; Anita hingegen häuft sich geräucherten Schinken und Goudascheiben auf ihren Frühstücksteller.

»Die beiden werden miteinander getanzt, sich vielleicht auch geküsst haben – aber mehr sicher nicht.«

»Das wäre schlimm genug«, meint Lore mit leiser Stimme.

»Paul ist nicht der Typ, der aktiv fremdgeht, aber er wird sich nicht dagegen wehren, wenn er die Gelegenheit bekommt. So schätze ich ihn ein.«

»Und ich dumme Kuh bleibe ihm treu, obwohl ich schon genügend Angebote von anderen Männern hätte haben können.« Ein kleines bisschen Stolz ist jetzt bei Lore schon herauszuhören.

»Du bist du und Paul ist Paul! Der ideale Mann muss erst gebacken werden. Doch ich bin mir sicher, dass du für Paul die absolute Königin bist und er es nicht überwinden könnte, wenn er dich verlieren würde.«

»Ich bin mir da nicht so sicher … «

Es klingelt. Ungläubig schauen sich die beiden an. Um diese Zeit, wer kann das sein? Anita geht zur Wohnungstür, blickt durch den Spion und öffnet lächelnd.

»Guten Morgen! Würden Sie bitte den Empfang bestätigen?« Eine junge Frau hält in der einen Hand einen riesigen Blumenstrauß, in der anderen ein Formular, das Anita unterschreibt und meint: »Sie sind aber früh dran.«

»Ja, ausnahmsweise. Der Herr hat gebeten, dass wir so schnell wie möglich ausliefern. Es wäre sehr dringend.«

»Ah, verstehe.«

»Ich wünsche Ihnen einen schönen Tag!« Mit diesem Gruß drückt die junge Frau Anita den üppigen Strauß in die Hand. Endlich einmal Rosen, die duften, stellt sie fest, nachdem sie das Geschenkpapier geöffnet hat. Natürlich hätte sie sich über Blumen gefreut, doch sie weiß, dass dieser Strauß nicht für sie gedacht ist, was sich bestätigt, als sie die Karte zwischen den Rosen herauszieht.

Für meine liebe Lore, dein dich sehr liebender Paul!

Schnell steckt sie die Karte zurück und klebt die Enden des Geschenkpapiers wieder zusammen. Als ob nichts gewesen wäre, kehrt sie ins Wohnzimmer zurück. Den noch eingepackten Strauß legt sie unter Lores neugierigen Blicken beiläufig auf der Anrichte ab; es hätte ebenso die Tageszeitung sein können.

»Wo waren wir stehengeblieben?«

»Willst du nicht nachsehen, von wem die Blumen sind? Du tust ja so, als ob du jeden Tag welche bekommen würdest.«

»Ach ja, mein Schatz schickt mir öfter Rosen. Er ist sehr aufmerksam.«

»Aber wenn es Rosen sind, musst du sie anschneiden!«

»Wenn du meinst. Schenkst du mir bitte Tee ein, mit einem Stück Zucker?«

Anita holt ein scharfes Küchenmesser aus der Schublade, entfernt das Geschenkpapier und legt die Karte, ohne sie weiter zu beachten, neben die Blumen. Lore schenkt Tee nach, ist aber nicht so ganz bei der Sache, denn keine Frau kann einen Strauß mit fünfzig oder mehr langstieligen roten Rosen ignorieren.

»Kannst du sie anschneiden? Ich muss doch irgendwo eine Vase in dieser Größe haben.« Anita überreicht ihr das Messer, verlässt die Küche und lässt Lore absichtlich allein. Diese legt das Messer erst mal zur Seite – die Karte und deren Inhalt interessiert sie mehr, denn sie hat so eine Ahnung.

Ihr Mienenspiel offenbart ihre Gefühle: Staunen und große Freude! Ihr Herzschlag reagiert augenblicklich auf diese frohe Botschaft – sie muss sich setzen. Wären da nur nicht diese Zweifel, wäre alles perfekt! Doch die Unsicherheit bleibt: Sie könnte schwören, dass Paul ihr nicht treu ist.

Anita kommt zurück und was sie vorfindet, überrascht sie nicht: Eine aufgelöste Lore, die sie nicht wahrzunehmen scheint, weil sie so sehr auf die Textzeile der Karte fixiert ist. Anitas Blicke wandern zu den noch immer unbeschnittenen Rosen. Diese Szene könnte einem Gemälde von Edward Hopper entsprungen sein: Zwei Frauen in einem Raum – eine, deren Blick nach innen gerichtet ist, eine andere, die zwar die unbeschnittenen Stängel betrachtet, doch gedanklich woanders weilt. Es war ein auf einen kurzen Moment begrenztes Stillleben; denn als Lore nach ihrem Handy greift und zu tippen beginnt, kommt Bewegung in dieses Bild.

»Nein, das tust du nicht!«

Drei schnelle Schritte und ein resoluter Tastendruck von Anitas rechtem Zeigefinger auf das Display von Lores Handy verhindern, dass diese Paul anruft. Ihr Ruf der Entrüstung »Anita, was tust du?« erstickt unter deren Hand, die sich auf ihren Mund legt. Zärtlich berühren Anitas Lippen Lores Ohr. »Lass ihn leiden! Er soll vor dir auf die Knie gehen und um Vergebung betteln.«

Das geht Lore zu weit. Sie reißt sich mit einem Ruck von ihrer Freundin los und sieht sie mit erstaunten Augen an. Jetzt sieht sie bestätigt, was sie seit ihrem gemeinsamen Urlaub am Bodensee immer wieder beschäftigt hat: Anita begehrt sie und möchte sie an sich binden. Lore fällt in diesem Moment ein, wie Anita damals auf der Liegewiese beim Einölen ihre Brüste streichelte, ebenso das Kuscheln im gemeinsamen Bett – beides hatte sie zunächst noch für durchaus akzeptabel unter besten Freundinnen gehalten. Aber jetzt ist ihr klar: Eine erotische Beziehung mit Anita möchte sie keinesfalls! Sie will nur noch eins: So schnell wie möglich nach Hause gehen, zu Paul zurückkehren!

Frank steht in einem Innenhof am Tempelhofer Berg und sucht nach dem Firmenschild der Werbeagentur, bei der Paul arbeitet. Er war mit der U 2 an der Haltestelle Eberswalder Straße losgefahren und nach einmal Umsteigen erreichte er den Platz an der Luftbrücke. Als Adresse einer Werbeagentur hatte er sich eher eine Beton-Glasfront-Architektur statt eines ehemaligen Fabrikgebäudes vorgestellt. Er ruft Paul an und wird von ihm zum Eingang geleitet, an dem dieser ihn erwartet. Paul erscheint ihm heute etwas zurückhaltend, doch das bezieht er nicht auf sich – eher vermutet er, dass es mit dem gestrigen Zerwürfnis mit Lore zu tun hat. Ihn danach zu fragen, traut er sich allerdings nicht. Er wünscht sich nur, dass sich Pauls Stimmung nicht negativ auf ihre Geschäftsbeziehungen auswirken wird.

Nun sitzen sie nebeneinander in Pauls geschmackvoll eingerichtetem Büro im zweiten Stock. Der Blick aus dem Fenster geht auf Ziegelsteinwände, unterbrochen von hochformatigen, mit Rundbögen versehenen Fenstern. Nur die fehlenden Glasmalereien unterscheiden sie von Kirchenfenstern. Paul bestellt für beide Cappuccino und steckt Franks USB-Stick in den Rechner.

»Dann lass uns mal deine Arbeiten anschauen! Darauf bin ich sehr gespannt.«

Als das erste Foto aufflackert, klopft es an der Tür.

Herein kommt eine attraktive Frau, Mitte dreißig, die von Paul kaum beachtet wird.

»Danke, Jasmin!« Beide Männer blicken auf, Paul nur kurz, Frank auch, und noch ein zweites Mal, dann länger.

»Wie schön!« Jasmin betrachtet das Foto, das ein Tangopaar vor einer ockerfarbenen Wand zeigt, deren Putz teilweise abgeblättert ist. Graffities mit leidenschaftlichen Liebesschwüren sind für eine halbe Ewigkeit in die Wand eintätowiert. Zu jedem dieser ausdrucksstarken Bilder kommt ein begeisterter Kommentar von ihr; sie ist anscheinend eine sehr emotionale Frau. Bis es dann Paul zu viel wird.

»Danke, Jasmin, wenn wir noch etwas brauchen, melde ich mich.«

Frank bedauert das und findet Pauls nüchternen Ton etwas befremdlich. Vorgesetzter hin oder her. Jasmin stellt die beiden Cappuccino-Tassen auf das Tablett zurück und balanciert es einhändig mit eleganten Schritten zur Tür, wie es keine Bedienung in der Gastronomie besser hätte tun können.

»Jasmin!« Reflexartig dreht diese sich um. Frank fängt ihren erstaunten Gesichtsausdruck mit seiner Kamera ein, die er stets in Bereitschaft hält. Ein ganz besonderes Foto ist ihm geglückt, denn nur selten zuvor dürfte es jemand gelungen sein, dieses Zusammenspiel von sinnlich geöffnetem Mund und erstaunten Augen in einem Bild festzuhalten. Paul ist diese Szene natürlich nicht entgangen, so kurz sie auch gewesen sein mag. Ein Lächeln überzieht Jasmins Gesicht, bezaubernd immer noch, doch nicht mehr außergewöhnlich.

Die Begegnung mit Jasmin war für Frank ein Déjà-vu-Erlebnis. Er erinnert sich an eine ehemals große Liebe, die dieser Frau wie aus dem Gesicht geschnitten ist, fast schon eine Zwillingsschwester seiner Lena, die ihn verlassen hatte, was ihn schließlich dazu bewog, seine rheinländische Heimat hinter sich zu lassen und an der ligurischen Küste seine Liebe endgültig zu vergessen. Und nun holt ihn hier in Berlin die Erinnerung wieder ein. Was das wohl zu bedeuten hat – ein Zeichen?

»Über das Urheberrecht dieses Fotos müssen wir verhandeln, schließlich hast du das Foto in unseren Räumen gemacht«, meint Paul schmunzelnd.

»Wir müssen ohnehin noch über die Rechte reden, sofern du an meinen Bildern interessiert sein solltest.«

»Das kann ich nicht ohne meinen Chef entscheiden. Ich werde ihm auf jeden Fall deine Fotos zeigen. Wir kennen dann deinen Stil und wenn wir einen entsprechenden Auftrag erhalten, werden wir gerne auf dich zukommen. Ist das okay für dich?«

»Ja! Der Schauplatz für die Aufnahmen muss allerdings nicht unbedingt am Mittelmeer liegen. Ich bin immer und überall für gute Aufnahmen bereit.« Frank legt seine Sony Alpha 6500 behutsam auf dem Schreibtisch ab. Sie beide sind ein gutes Team.

Kulturbrauerei im Prenzlauer Berg. Cristina hat sich allein auf den Weg gemacht, da ja Frank eine geschäftliche Verabredung mit Paul hat. Frank hat ihr den Weg vom Hotel zur Milonga im Frannz-Club akribisch aufgezeichnet. Sie kommt sich in dieser großen Stadt so verloren vor. Möglicherweise ist ihr Ausflug nach Berlin ihr letztes Abenteuer. Vielleicht sind es auch ihre allerletzten Tage in sogenannter Freiheit, bevor Familie, Ehe und andere Verpflichtungen sie auf eine neue Lebensschiene setzen werden, von der es keinen Absprung mehr geben wird. Liebevoll und in freudiger Erwartung ihres Kindes legt sie ihre Hände auf den gewölbten Bauch, als sie von der Oderberger Straße kommend auf die Schönhauser Allee trifft. Laut Franks Skizze muss sie diese überqueren, ein paar Meter die Szredzkistraße entlanggehen, dann links in die Kulturbrauerei abbiegen.

Die Milonga hat noch nicht begonnen, doch auf der Tanzfläche bemühen sich drei Paare unter Anleitung eines Tangolehrers um eine Figur, welche das eine bereits umsetzen kann, während die anderen beiden noch ihre Mühe damit haben. Cristina nimmt auf einer Bank Platz, von wo aus sie einen guten Blick auf das Geschehen auf der Tanzfläche hat.

»Darf ich mich zu Ihnen setzen?« Sie hatte ihn erst gar nicht bemerkt, auch seine Schritte nicht gehört, obwohl sich diese auf dem Kies knirschend angekündigt hatten. Als sich ihre Augen ihm zuwenden, sehen sie einen attraktiven Mann in mittlerem Alter: Anzug mit Krawatte, Glatze, sympathische Erscheinung.

»Gerne«, antwortet sie wie ein schüchternes Mädchen. Doch irgendwie ist sie froh, nicht mehr allein zu sein.

»Darf ich Ihnen etwas zu trinken bringen?«, fragt dieser Mann, bevor er sich hinsetzen will.

»Ja, bitte ein Mineralwasser!« Nach ein paar Minuten

kommt er mit zwei Flaschen Mineralwasser ohne Kohlensäure zurück.

»Was bekommen Sie von mir?«

»Nichts, Sie sind eingeladen. Ich heiße übrigens Olaf, und Sie?«

»Cristina«

»Schade, dass ich so spät gekommen bin! Wir hätten zusammen die Praktika machen können.«

»Ja, schade. Allerdings erwarte ich noch jemanden.« Cristina sieht sich nach allen Seiten um, doch dieser Jemand erscheint nicht.

»Ich erwarte auch jemanden. Doch solange sie nicht hier ist, möchte ich Ihnen gerne Gesellschaft leisten. Darf ich du sagen?«

»Gerne, Olaf, das ist beim Tango doch üblich.« Zwischen den beiden entsteht nach und nach eine Unterhaltung, die nach den üblichen Floskeln – woher man kommt, Beruf, Familienstand, Tangoerfahrung und so weiter – in die Tiefe geht. Es geht um Vergangenheit und Lebensphilosophie. Zu seinem Erstaunen erfährt Olaf, dass Cristina seinen Freund Paul kennt. Wie schon Lore hat er Cristinas Schwangerschaft am Bäuchlein entdeckt. Doch die Kombination von ihrer Schwangerschaft und der Tatsache, dass sie Paul kennt, kommt ihm dabei nicht in den Sinn.

Olaf selbst öffnet sich nicht in dem Maße wie Cristina. Er als Personenschützer ist es gewohnt, sich bedeckt zu halten und sein Augenmerk stets auf andere zu richten. So zeigt er sich als interessierter Zuhörer, was Cristina guttut. Seine Fragen nach ihrer Beziehung zu

Paul versteckt er unauffällig zwischen anderen Themen. Was er zu hören bekommt, bestätigt das gewohnte Bild von seinem Freund: Der geborene Charmeur, der mit Leichtigkeit die Herzen der Frauen erobert und damit häufig Gefühlschaos anrichtet – wenn nicht gar mehr. Allerdings belasten diese Konflikte auch ihn selbst, was er ihm, Olaf, seinem Seelendoktor, in monatlichen Abständen beichtet und ihn bei dieser Gelegenheit um Rat fragt oder auch um Beistand bittet.

Mehrere Tänzerinnen und Tänzer betreten den Biergarten, erkennen Olaf und steuern auf ihn zu. Es gibt ein großes Hallo, denn sie sind im selben Tangokurs wie er. Und einmal mehr richten sie die Frage an ihn: »Wo ist Verena?«

»Sie wollte kommen.«

Sie setzen sich zu den beiden, wobei Cristina etwas zur Seite gedrängt wird. Wieder kommt sie sich alleingelassen vor und schaut sich hilfesuchend nach Frank und Paul um. Doch die lassen auf sich warten. Der aufmerksame Olaf hat ihre Gefühlslage erkannt und kümmert sich um sie.

»Cristina, die Praktika ist zu Ende, wir könnten tanzen. Magst du es mit mir versuchen, obwohl ich Anfänger bin?« Froh um jede Abwechslung hätte sie ihm jeden Wunsch erfüllt.

»Ja, natürlich – gerne!« Sie stehen auf und gehen nebeneinander her in Richtung Tanzfläche. Dabei berühren sich ihre Handrücken, was für beide etwas Prickelndes hat.

Als Anfänger eine fortgeschrittene Tänzerin führen

zu müssen, ist eine große Herausforderung, wenn nicht gar eine Horrorvorstellung. Paul hatte Olaf einmal erzählt, dass er es stets vermieden hat, mit seinen Tangolehrerinnen zu tanzen. Er würde sich dabei wie in einer Prüfungssituation fühlen, der er möglichst aus dem Weg gehen wollte.

Cristina ist eine einfühlsame Frau und kennt aus jahrelanger Erfahrung die Problematik unerfahrener Tänzer – nämlich führen zu müssen, ohne genügend Können und entsprechende Souveränität aufzuweisen. Olaf ist ihr sympathisch und sie möchte ihm als Dank für seine nette Gesellschaft ein Erfolgserlebnis und schöne Tänze schenken. Es werden traditionelle Tangos gespielt, die erste Tanda hat mit dem Orquesta Di Sarli begonnen. Cristina fühlt sich wohl und geborgen in Olafs Armen, denn er hat eine starke körperliche Präsenz. Sein Schrittrepertoire begrenzt sich auf den Grundschritt mit Variationen, dazu Figuren wie Rück-Ochos und Sandwich. Es klingt paradox, wenn sie als Geführte Einfluss auf Schritte und Rhythmus nimmt. Doch so geschieht es, auch wenn es Olaf nicht bewusst ist. Welche Kultur kennt nicht die Frauen, die in patriarchalischen Gesellschaften im Hintergrund die Fäden ziehen.

Während Di Sarlis *Verdemar*, dem dritten Tango dieser Tanda, finden Olaf und Cristina zusammen. In diesem Moment weiß Olaf, dass er die Aufnahmeprüfung als Tanguero bestanden hat. In seinem Glücksgefühl greift er nach ihrer Hand, als sie zu den Klängen der Cortina die Tanzfläche verlassen und auf ihren Tisch zusteuern. In dem Moment, als Cristina Paul entdeckt, der inzwischen mit Frank eingetroffen ist, löst sie ihre Hand, denn sie will nicht noch weitere Komplikationen heraufbeschwören.

Auch wenn sie sich mit Küsschen begrüßen, ist eine gewisse Befangenheit, wenn nicht gar Distanz spürbar. Die Art und Weise, wie sich Lore gestern Abend von Paul entfernt hatte, hat Cristina immer noch in schmerzhafter Erinnerung. Sie fühlt sich schuldig und ist deswegen verunsichert. Wie soll sie sich nun Paul gegenüber verhalten? Sie hat doch keinerlei Besitzansprüche an ihn und wollte sich nur von ihm verabschieden. Er soll nun entscheiden, wie ihr letzter gemeinsamer Abend verlaufen soll.

Paul ergreift auch gleich die Initiative und fordert sie auf, nachdem er Olaf mit einer Umarmung begrüßt hatte.

Für Frank steht im Moment keine Tänzerin zur Verfügung; es herrscht Männerüberschuss und somit widmet er sich dem Fotografieren. Paul und Cristina sind sein Motiv. Die beiden stehen ihm nahe und es hätte auf der Tanzfläche auch keine bessere Alternative gegeben, denn das, was dieses Paar zelebriert, ist Tango in reinster Form. Aber nicht nur sein Objektiv richtet sich auf die beiden, sondern auch Olafs Blicke, der in Paul als Tangotänzer sein nachahmenswertes Vorbild sieht. Von so viel Aufmerksamkeit beflügelt, tanzen die beiden in Höchstform und genießen ihre letzten gemeinsamen Tänze. In den kurzen Pausen zwischen den Tangos schweigen sie und bleiben in geschlossener Haltung tief miteinander verbunden. Sie befinden sich in Abschiedsstimmung, wollen dies aber nicht wahrhaben. Paul will Cristina noch um ihre Telefonnummer bitten – für alle Fälle.

»Verena kommt!« Eine Tänzerin aus seinem Kurs hat sie am Eingang, von der Schönhauser Allee kommend, entdeckt. Olaf schaut auf, ein freudiges Strahlen legt sich über sein Gesicht. Wie schön sie ist! Er steht auf, umrundet slalomartig die Tische und breitet seine Arme aus, als er vor ihr steht. Verena wirft sich in seine Umarmung und weint. Olaf streichelt tröstend über ihre Haare – er kennt ihr Problem zur Genüge, schließlich ist es auch seines.

»Ach Olaf, warum muss das Leben immer so schwierig sein?«

»Das ist ein großes Thema. Wollen wir das vertiefen oder lieber tanzen?«

»Erst tanzen, dann vertiefen, aber nicht so, wie du das meinst … « Endlich kann sie wieder lächeln, wenn auch noch Tränen über ihre Wangen kullern. Regen und Sonnenschein ergeben den Regenbogen, kombiniert Olaf und küsst Verena.

Da die Tanda noch in vollem Gang ist, führt Olaf Verena auf die Tanzfläche. Jetzt muss er sich umstellen. Verena kann bei Weitem nicht so gut tanzen wie Cristina, der Unterschied ist immens, doch sie sind miteinander vertraut. Sie tanzen auf die Tangos des Orquesta Tipica Victor. Der unaufgeregte gleichförmige Rhythmus, wie er beim Tango Argentino Anfang der 40er Jahre üblich war, kommt ihnen entgegen. Besonders mögen sie *Lo vi en tus ojos*, das gerade gespielt wird. Dieser Tango berührt ihr Herz – sie tanzen ihn mit einer Hingabe wie nie zuvor.

Gerne möchten sie sich abseits von den andern an einen Tisch setzen, um ungestört zu sein. Doch dieser Wunsch wird ihnen nicht gestattet; ihre Freunde wollen sie bei sich haben und rücken zusammen. Die Problematik mit ihrem Mann ist allen bekannt. Verena erzählt, dass sie gegen den Willen ihres Mannes das Haus verlassen hat.

»Und wenn du heute Nacht zurückkommst, was wird dich erwarten?«

»Ich weiß es nicht.«

Ein Ratschlag folgt auf den andern; alle meinen es gut mit ihr und wollen ihr helfen. Die einen bieten ihr für eine gewisse Zeit eine Übernachtungsmöglichkeit an, andere raten ihr, sich an ein Frauenhaus zu wenden – in ihrem Stadtgebiet gäbe es doch sicher eines. Olaf hört sich das alles an, hält sich aber zurück. Er weiß, was für Verena das Beste wäre, aber er weiß auch, dass es eine ganz andere Lösung gibt, nämlich diejenige, die das Leben, sprich das Schicksal, für alle bereit hält.

In der Knaackstraße, unweit vom Eingang des Museums in der Kulturbrauerei, fährt ein Kombi auf den letzten freien Parkplatz, der für Behinderte reserviert ist. Es dauert eine gewisse Zeit, vielleicht fünf Minuten, bis sich die Tür des Autos öffnet. Langsam und mit unsicheren Bewegungen steigt ein Mann um die Fünfzig aus. Er hinkt ein bisschen und stützt sich ab, als er sich, mit einer Hand Halt an der Karosserie suchend, nach hinten begibt. Er öffnet die Heckklappe und versucht offenbar einen Gegenstand herauszuziehen, der sich aber irgendwie verfangen hat. Der Mann scheint ungeduldig zu sein und stellt sich nicht gerade geschickt an. Das spärliche Haar klebt an seiner verschwitzten Kopfhaut, sein korpulenter Körper ächzt unter der Schwüle dieses Berliner Sommerabends. Schließlich schafft er es doch noch, das sperrige Teil herauszubugsieren. Nach ein paar Handgriffen nimmt dieses Gestell aus Rohren und Rädern Gestalt an: Es ist ein Rollator. Nachdem er die Heckklappe niedergedrückt und seinen Kombi mit der Fernbedienung verschlossen hat, macht er sich auf den Weg. Mühsam und irgendwie verbissen bewegt er sich auf den Eingang des Museums zu. Doch dorthin wird er wohl nicht wollen, denn es hat heute nicht geöffnet. Mit letzten Sonnenstrahlen im Rücken durchquert er die Passage und betritt das Gelände der Kulturbrauerei. Anscheinend weiß er, wohin er möchte, denn er wirkt entschlossen, als ob er ein Ziel ansteuern würde. Auch wenn er nur mit einer leichten beigefarbenen Hose und einem kurzärmeligen weißen Hemd bekleidet ist, läuft ihm der Schweiß über den ganzen Körper, wie großflächige feuchte Flecken unter seinen Achseln und auf dem Rücken zeigen. Mit viel Fantasie könnte man sich vorstellen, dass er einmal ein attraktiver Mann gewesen war. Doch sorgenvolle Jahre haben ihm einen frühen Alterungsprozess beschert – er war an Multiple Sklerose erkrankt und vorzeitig aus dem Polizeidienst ausgeschieden, was dazu führte, dass er sich immer mehr gehen ließ.

Der leicht abschüssige Weg, der parallel zur Schönhauser Allee verläuft, macht ihm das Vorwärtskommen leichter. Dagegen erschweren ihm die Pflastersteine, über die sein Rollator holpert, jeden Schritt. Seine Verbissenheit ist ihm anzusehen und es benötigt ein hohes Maß an Mitgefühl, ihm zu Hilfe kommen zu wollen. Auch wenn er sich vorgenommen hat, ohne Unterbrechung sein Ziel zu erreichen, schafft er die Strecke doch nicht ohne Pause. Seine Kraft lässt nach, seine Knie zittern, er kann sich gerade noch rechtzeitig an einen der großen Blumenkübel lehnen, die ein Gartenlokal eingrenzen. Sich auf den Sitz seines Rollators oder gar auf eine nahegelegene Bank zu setzen, ist ihm nicht mehr möglich. Immerhin kann er jetzt erst einmal verschnaufen, nachdem er den Atem zunächst zurückgehalten, die Zähne zusammengebissen und die Lippen aufeinandergepresst hat. Eine Bedienung, die ihn in diesem jämmerlichen Zustand bemerkt hat, bietet ihm ein Glas Wasser an, das er jedoch kopfschüttelnd und ohne ein Wort des Dankes ablehnt. Seltsamer Mensch, denkt sie, als sie sich noch einmal nach ihm umdreht und sieht, wie er mit undurchdringlicher Miene vor sich hin stiert.

Auch wenn es fast nicht mehr geht, er muss weiter. Es sind keine zweihundert Meter mehr, dann kann er das tun, was er sich seit Wochen vorgenommen hat. »Bis dass der Tod uns scheidet« – dieses Mantra soll ihm Kraft geben für die letzten Meter seines Weges. Während er unablässig diese Beschwörungsformel vor sich hin murmelt, bewegen sich seine spröden Lippen kaum.

Nicht nur er ist unterwegs, viele Menschen sind es an diesem Abend auch – Einzelne, Gruppen, Paare, die in den Lokalitäten der Kulturbrauerei Vergnügen und Unterhaltung suchen. Immer wenn sie seinen Weg kreuzen, müssen sie ausweichen. Wie ein Panzerfahrer fühlt er sich, verlangt aber gleichzeitig von den Passanten Rücksichtnahme auf einen Behinderten. So weist er mit strafendem Blick einen dieser sorglosen, mit Bierflaschen herumblödelnden Burschen zurecht, als dieser ihm gerade im Weg steht. Verärgert baut er ein abfälliges Schimpfwort in den Text seines Mantras ein, das da nun lautet: »Bis dass der Tod uns scheidet, ihr Drecksgesindel!«

»Entschuldigung Opa, tut uns schrecklich leid, dass wir im Weg gestanden sind. Wir werden es auch nie wieder tun! Indianer-Ehrenwort!« Sie stellen sich in zwei Reihen auf und bilden ein Spalier zu je drei Personen und machen Bücklinge. Während sie ihre Oberkörper devot vorbeugen, gehen ihre Arme mit den Bierflaschen hinten nach oben.

Dieser Vorfall hat seine Wut fast zum Überkochen gebracht, was seinem Vorhaben nur dienlich sein kann. Jetzt nach rechts um die Ecke, danach wieder links, dann wird er gleich an Ort und Stelle sein. Wie oft hat er sich diesen Ablauf im Internet angeschaut und jeden Schritt wie auf dem Schachbrett minutiös vorbereitet.

Tangomusik. Damit hat er nicht gerechnet. Aber das passt: Tod und Musik. Aber wo ist dieses Weib, das ihm in der St. Matthias-Kirche das Versprechen gegeben hat: »Ich will dich lieben, ich will dir vertrauen und treu sein, in guten wie in bösen Tagen, ein Leben lang, bis dass der Tod uns scheidet.«

Es hilft nichts, er muss näher herangehen. Auf den

Pflastersteinen war es bereits sehr mühsam, doch jetzt hat er einen Kiesweg vor sich, der in den Biergarten führt. Die kleinen Räder seines Rollators blockieren, er muss schieben, mit aller Kraft, Meter um Meter, bis er seine Frau entdeckt – in einer intimen Situation, tanzend in den Armen eines anderen. Nun, das hatte er erwartet und deshalb ist er hier, denn der Hass ist stärker als die Trauer.

Auf dem Schießstand ist er immer einer der besten gewesen, doch das ist schon lange her. Näher kommt er nicht an die Tanzfläche heran. Er muss es einfach versuchen. Seine Hände zittern, als er sich vorbeugt, um das Tuch anzuheben, unter dem die Pistole verborgen liegt.

»Olaf, mein Mann!« Verena löst sich ruckartig aus der Tanzhaltung und deutet mit einer versteckten Geste in Richtung ihres Mannes, der gerade dabei ist, nach der Pistole zu greifen.

»Der mit dem Rollator?«

»Ja, der!« Olaf sieht, wie Verenas Mann die Waffe anliebt. Und er reagiert. Es sind etwa zehn Meter bis zu dem Mann, die Olaf in Sekunden zurücklegt. In diesem Moment wird die Pistole auf Olafs Brust gerichtet.

»Olaf!« hört er Verena schreien, die ihm nachgerannt ist. Ihr Mann wird durch den Schrei kurz abgelenkt, was Olaf sofort ausnützt und ihm die Waffe aus der Hand schlägt.

Das alles ist für das Herz des gebrechlichen Mannes zu viel. Er verdreht die Augen, ein kurzes Stöhnen begleitet das Zusammensacken seines Körpers. Olaf sieht, dass es schlecht um ihn steht.

»Ruft den Notarzt, sofort!« Er greift nach der Pistole, nimmt sie an sich und lässt sie in seiner Sakkotasche verschwinden. Es ist eine Sig Sauer P225, ein ihm vertrautes Modell aus seinem aktiven Dienst. Da der Mann bewusstlos ist und keine Atmung mehr hat, beginnt Olaf mit einer Wiederbelebungsmaßnahme. Keine Frage, auch der verhasste Mann seiner Geliebten muss am Leben erhalten werden! Doch dessen Augen sind gebrochen. Trotz schneller und professioneller Hilfe kann der inzwischen eingetroffene Notarzt nur noch den Tod feststellen.

»Bis dass der Tod uns scheidet!«

Verena steht verstört dabei. Ein letzter Blick auf ihren Mann, dann wirft sie sich in Olafs Arme und weint bitterlich.

Etwa eine halbe Stunde vor diesem Vorfall. Paul sitzt mit Cristina und Frank am Tisch. Es sind ihre letzten gemeinsamen Stunden, bevor die beiden zurückfliegen. Traurig denkt Cristina daran, dass sie Paul wohl nie wiedersehen wird. Paul ergeht es ähnlich, doch urplötzlich schiebt sich Lore in seine Gedanken, und zwar vehement! Sein Gefühl der Wehmut, Cristina wegen, wandelt sich in eine Sehnsucht nach Lore und die ohnehin schon schwelende Liebe weitet sich in eine Feuersbrunst!

Paul muss zurück in die Wohnung, selbst wenn Lore noch nicht zu Hause angekommen sein sollte. Aber er will bereit sein, sie dort zu empfangen, mit Rosen, die er dem jungen Inder, der kurz zuvor an den Tisch gekommen war, abkaufen will – alle, die er hat. Er kann noch nicht weit sein.

Paul schaut auf sein Smartphone, entdeckt zwar keine Nachricht, sagt aber: »Lore hat sich gemeldet, sie ist zu Hause. Ich muss euch leider schon verlassen.« Mit dieser Mitteilung steht er auf, geht auf die andere Seite des Tisches, wo Cristina und Frank sitzen. Zuerst drückt er Frank und verspricht ihm, dass er sich melden wird, wenn er was für ihn hat. Und er soll auf Cristina achtgeben. Dann dreht er sich zu Cristina, schaut ihr in die Augen und möchte sie gerade drücken, als sie sagt: »Ich begleite dich bis zum Auto.« Sie hakt sich bei ihm unter und stöckelt neben ihm her, ohne ihre Schuhe gewechselt zu haben. Paul winkt noch Olaf zu, der gerade herschaut, und macht mit der freien Hand das Zeichen für »wir telefonieren«.

»Ich will noch Blumen für Lore kaufen. Da war doch vorhin dieser Inder.«

»Der ist da lang gegangen.« Cristina zeigt in die Richtung, jedoch in die entgegengesetzte als dort, wo Paul sein Auto geparkt hat. Obwohl Paul sich wegen Lore getrieben fühlt, genießt er es doch, mit Cristina noch ein paar Minuten allein sein zu können.

Auf dem Weg fragt er einen Mann, der ihnen mit seinem Rollator entgegenkommt, ob er einen Blumenverkäufer gesehen hat. Dieser Mann hebt den Kopf, schaut durch ihn hindurch, als ob er nicht existierte, und tippelt weiter. Cristina schüttelt den Kopf: »Unfreundliche Menschen gibt es also auch hier.«

Sie ahnen nicht, dass sie zu den letzten gehören, die diesen Mann noch lebend gesehen haben.

Endlich entdecken sie ihn, den Inder. Gerade schüttelt

ein Paar den Kopf, als er ihnen seine roten Rosen anbietet. Doch nur eine Minute später strahlt sein Gesicht, als Paul ihm alle Rosen abkauft – gleich einen ganzen Arm voll.

»Da wird sich Lore aber freuen!«

Als sie dann in der Szredzkistraße neben Pauls schickem BMW-Cabrio stehen, heißt es Abschied nehmen – einen Abschied, den sie zwar nicht haben wollen, aber auch nicht verhindern können. Paul nimmt aus seinem Portemonnaie eine Visitenkarte und drückt sie ihr in die Hand.

»Bitte gib mir Bescheid, wenn euer Kind zur Welt gekommen ist! Versprochen?«

»Versprochen!«

Dann zieht er eine Rose aus dem üppigen Strauß. »Die ist für dich.« Dann noch eine. »Die ist für Sebastien.« Und eine letzte. »Die ist für euer Kind. Möge es so schön wie die Mama werden, gesund und glücklich!«

»Ach Paul … !« Mehr kann sie nicht mehr sagen. Nur noch küssen kann sie – und das tut sie inbrünstig und leidenschaftlich.

Aufgewühlt und schweren Herzens trennen sich die beiden. Paul biegt in die Schönhauser Allee ein und Cristina geht zurück zur Milonga, wo sie Schlimmes erwartet.

Paul hat Glück. In nächster Nähe ihrer Wohnung sind noch zwei Parkplätze frei, gleich nebenan vor dem Italiener. Er winkt im Vorbeigehen der Bedienung zu. Dann geht sein Blick hoch zu den Fenstern im ersten Stock. Natürlich brennt kein Licht, es ist ja noch hell draußen. Ob sie schon da ist, fragt er sich und hofft es zugleich. Zum ersten Mal verwechselt er den Haus- mit dem Wohnungsschlüssel. Das darf vorkommen, wenn man verliebt und aufgeregt ist, sagt er lächelnd vor sich hin. Mit Schwung nimmt er die abgenutzten Stufen der Holztreppe. Vor der Wohnungstür zögert er kurz und lauscht, da er innen eine Stimme hört. Es ist die von Lore, die anscheinend gerade telefoniert. Seine Herzfrequenz steigt. Wie wird sie ihn empfangen? Vielleicht wäre es klug, die Rosen vor sich herzutragen, um Lore erst mal zu besänftigen. Statt aufzuschließen, klopft er an die Tür.

Schnelle Schritte, dann wird die Tür geöffnet. Lore erscheint und sagt ins Telefon: »Du Franzi, Paul ist nach Hause gekommen, ich muss aufhören. Sag Hans bitte einen lieben Gruß und gib Max ein Küsschen von seiner Tante Lore!«

»Ja, mach' ich gerne und bis ganz bald – tschüss, Franzi.« Lore legt den Hörer zur Seite und strahlt Paul an. Der streckt ihr sogleich die Rosen entgegen.

»Paul, wie schön! Danke!« Sie nimmt ihm den Strauß ab und lässt ihn im Rücken verschwinden.

»Zuallererst ein Kuss von mir und dann noch einen von Franzi.« Es bleibt trotz Ankündigung bei nur einem Kuss, der allerdings sehr lang und intensiv ausfällt. Keine küsst annähernd so gut wie Lore – und wahrlich, er könnte unzählige Vergleiche anstellen. Die Reaktion lässt nicht lange auf sich warten: Es regt sich etwas in seiner Hose.

»Hast du Hunger?«

»Ja, nach dir!«

»Ob er noch ein bisschen warten kann?«

»Wenn du deine Hand wegnimmst, vielleicht.«

»Man kann doch nicht alles auf einmal haben, nicht wahr?«

»So ist es, liebe Lore! Wir müssen uns also entscheiden … so schwer es mir fällt.«

»Also dann Spaghetti, dann Grappa, dann Espresso und zum Nachtisch schließlich Lore. Einverstanden?«

»Ob es im Paradies noch eine Steigerung geben kann?«

»Warten wir's ab! Ich jedenfalls werde mich bemühen, dass wir einmal gemeinsam ins Paradies hinübergleiten werden.«

Paul atmet auf, es wird wohl keine Aussprache geben. Lore tut, als ob nichts geschehen wäre. Und das ist gut so, findet er. In solchen Situationen hatte er bisher immer die schlechteren Karten, da ihm die überzeugenden Argumente fehlten. Priorität hat jetzt, eine oder mehrere Vasen für die große Menge an Rosen aufzutreiben, denn diejenigen, die er an Anitas Adresse geschickt hatte, nahm Lore mit nach Hause. Sie zaubert nach kurzem Überlegen einen Zinkeimer hervor, der bisher achtlos im Abstellraum neben der Küche sein Dasein fristete. Wie geschmacksicher das Lore alles arrangiert! Die längeren holländischen Rosen kommen in die Mitte, die kürzeren vom Inder steckt sie außen herum in den Kübel. Und den stellt sie anschließend auf den Wohnzimmertisch.

Paul hat in der Zwischenzeit seine Schuhe gewechselt.

»Kann ich dir bei irgendwas helfen?«

»Du könntest die Spaghetti umrühren. Ich kümmere mich derweil um die Soße.«

»Was ist das für eine DVD, die auf dem Fernseher liegt?«

»Die hat mir eine Arbeitskollegin ausgeliehen. Sie sagte, wir sollten diesen Film unbedingt anschauen.«

Paul nimmt die DVD in die Hand. Er liest: *Wie im Himmel.* »Davon habe ich schon gehört, ihn aber noch nicht gesehen.«

»Wollen wir ihn nach dem Essen anschauen?«

»Vor oder nach dem Nachtisch?«

»Weder noch, mein Lieber!«

»Entweder oder?«

»Das ist wieder mal typisch Mann, der keine zwei Dinge gleichzeitig tun kann, im Gegensatz zu uns Frauen.«

»Dieses überholte Geschlechterklischee ist inzwischen von einer schwedischen Studie widerlegt worden.«

»Dann beweise es mir! Aktuell ist es doch so, dass du nicht mit mir diskutieren und dich gleichzeitig um die Spaghetti kümmern kannst. Inzwischen sind sie pappig geworden.«

»Mist, das ist mir zum ersten Mal im Leben passiert.«

»Ja, ja, wer's glaubt.«

»Dann lass uns doch mal einen Blick auf die Soße werfen! Mir scheint, es riecht verbrannt.«

Schließlich landen Nudeln samt Soße in der Mülltonne und nicht in den Mägen der abgelenkten Köche. Als Alternative serviert Lore Bruschetta und Rotwein. Paul legt die DVD ein.

Auf der Hülle ist zu lesen: *Es ist ein Abenteuer, das eigene Paradies zu finden.*

»Das trifft doch unser Thema von vorhin! Erinnerst du dich?«, sagt Paul.

»Ja schön, dann setz dich doch zu mir! Machen wir uns auf den Weg!«

Hand in Hand sitzen sie auf der Couch. Paul, der links von Lore sitzt, muss sich ungewohnt mit der linken Hand bedienen, mit der rechten die Hand von Lore halten, ihre Wange küssen und auch noch seine Aufmerksamkeit auf den Film richten. Das ist Multitasking in seiner reinsten Form – wahrlich eine Herausforderung für ihn! Denn er hat alle Mühe, im Film anzukommen. Lore hingegen lässt sich in das Geschehen des Films hineinziehen, seine Zärtlichkeiten werden zum Bestandteil dessen. Sie als Linkshänderin muss mit der rechten Hand nach Bruschetta und Wein greifen. Alles ist ungewohnt. Doch nach und nach fließt alles ineinander, wie Tänzer, Tänzerin und Musik – die Handlung zieht sie in ihren Bann.

Paul ist von der Leidenschaftlichkeit des Dirigenten fasziniert; Lore wiederum fühlt sich angesteckt von der Begeisterung und der Ausstrahlung der Chormitglieder.

Ich will spüren, dass ich lebe, all die Zeit, die ich noch habe, möchte ich so leben, wie ICH es will. Ich will fühlen, dass ich lebe und wissen, dass ich genüge. Ich will glücklich leben, weil ich ICH bin. Will stark und frei sein können, will sehen, wo die Nacht den Tag umarmt. Ich bin hier und mein Leben gehört nur mir …

»und dir, mein lieber Paul«, ergänzt Lore den Text von Gabriellas Song. Sie wendet sich vom Film ab und Paul zu. Die Handlung reduziert sich nun ausschließlich auf sie und ihn und er nimmt ihr forderndes Begehren mit einer Leidenschaftlichkeit an, die dem Geschehen des Films in Nichts nachsteht. Lenas Song und das grandiose Finale untermalen akustisch ihr Liebesspiel, das irgendwann in Stille übergeht, gleichsam dem Film, der nun beendet ist.

6.

Trossingen

Eine Einladung des Jahrgangs liegt seit Tagen auf dem Küchentisch. Während sich Franzis Klasse noch nicht einmal getroffen hat und sich wohl auch niemals treffen wird, ist die Verbundenheit unter Hans' Mitschülern umso stärker. Großen Anteil daran hat Alex, der engagierte erste Vorstand des Jahrgangs, der stets bemüht ist, seine Schäflein mit einem attraktiven Programm zusammenzubringen. Diesmal passt alles, Franzi bekommt frei, Max ist inzwischen alt genug für die Reise und außerdem möchte ihn die Oma so gerne wieder einmal sehen. Er kann auch bei ihr bleiben, wenn seine Eltern mit dem Jahrgang unterwegs sind. Hans sagt also Alex zu, sie würden gerne kommen. Er denkt dabei auch an Bärbel, Alex' Partnerin, an die er sich noch gut erinnern kann, da sie sich damals, das war vor fast zwei Jahren, beim gemeinsamen Abendessen nähergekommen waren.

Max spürt, dass etwas Besonderes bevorsteht. Nie zuvor ist er so quengelig gewesen wie am Tag seiner ersten großen Reise. Franzi erzählt ihm von der Oma und wie sie sich auf ihn freuen würde. Währenddessen durchwühlt sie hektisch ihren Kleiderschrank. Man könnte meinen, sie hätte einen Auftritt bei einer Modenschau. Hans, der seinen Koffer längst gepackt hat, entlastet sie, indem er mit Max spielt. Sein Urteil ist gefragt, als Franzi im Minutentakt in wechselnden Kombinationen im Rahmen der Schlafzimmertür erscheint und von ihm wissen möchte, welches Kleidungsstück ihr am besten steht. Ihm gefällt alles, aber das darf er ihr nicht sagen, denn er soll ihr ja dabei helfen, sich zu entscheiden, was auch nötig ist, damit der Koffer hinterher noch zugeht.

Endlich sind sie unterwegs. Franzi sitzt hinten mit dem inzwischen eingeschlafenen Max. Hans hat kurz vorher noch seine Mutter angerufen und ihr die ungefähre Ankunftszeit mitgeteilt. Sie ist ganz aus dem Häuschen gewesen, konnte in der Nacht nicht schlafen und hat auch schon ihre Nachbarn über den wichtigen Besuch, der bevorstand, informiert. Franzi löchert Hans während der Fahrt mit Fragen über die Jahrgänger – wer von ihnen es zu etwas gebracht habe, wie die Vorstände und ihre Frauen heißen und so weiter. Zum ersten Mal werden sie einen gemeinsamen Auftritt in der Öffentlichkeit haben. Das scheint Franzi irgendwie wichtig zu sein und so lernt Hans eine neue Seite seiner Frau kennen: Sie möchte, dass er stolz auf sie sein kann! Apropos Auftritt – so wie Hans Alex kennt, und er kennt ihn recht gut, kann er sich denken, was da auf sie zukommt: Sie sollen vor allen einen Tango tanzen! Bei dieser Vorstellung hat Franzi eine Energie an den Tag gelegt, die Hans überrascht hat, ihm aber durchaus entgegenkommt. So übten sie jeden Abend, wenn Franzi frei hatte, nachdem Max eingeschlafen war. Zumindest für die Laien des Jahrgangs dürften sie eine passable Vorstellung abliefern.

Bestens vorbereitet fahren sie zum Ort des Geschehens, bereits sehnsüchtig erwartet von der Oma, die schon am

Gartentor auf sie wartet, als sie um die letzte Kurve biegen und auf Hans' Elternhaus zusteuern. Doch als der Alfa Romeo in der Garageneinfahrt hält und die Oma freudestrahlend ans Wagenfenster klopft, will Max nicht aussteigen. Konzentriert wie nie zuvor vertieft er sich in sein Bilderbuch, nur um nicht von seiner Oma begrüßt zu werden. Zum ersten Mal in seinem Leben fremdelt er.

Nicht einmal eine halbe Stunde später zieht er ungeduldig seine Großmutter an der Hand hinter sich her, die Treppen hinauf zum ehemaligen Kinderzimmer seines Vaters. Sie hatte ihm versprochen, dass er mit der Märklin-Eisenbahn spielen darf.

Jetzt wird es aber höchste Zeit zu gehen, sonst kommen sie zum Abendessen des Jahrgangs zu spät. Franzi gibt ihrer Schwiegermutter noch letzte Anweisungen für die nächsten Stunden, in denen sie mit Max allein sein wird. Sie soll auf jeden Fall anrufen, wenn es Probleme geben sollte.

Die Dämmerung hat eingesetzt. Schon vom Parkplatz aus, der gegenüber der Friedensschule liegt, sehen sie hinter hell erleuchteten Fenstern die Köpfe ehemaliger Mitschüler und deren PartnerInnen. Sie sind spät dran und ahnen, was auf sie zukommen wird. Deshalb ist ihnen auch etwas mulmig zumute. Franzi greift nach Hans' Hand, als sie über die Straße zum Ort des Treffens, der Pizzeria Da Giacomo, gehen. Sie lässt sie auch nicht los, als sie den Gastraum betreten, denn jetzt sind alle Augen auf sie gerichtet.

»Guten Abend allerseits«, grüßt Hans in den Raum

und schaut sich vergeblich nach freien Plätzen um. Doch Hilfe naht: Alex, der Vorstand, kommt ihnen entgegen. Erfreut begrüßt er die beiden; denn die auswärtigen Gäste sind immer etwas Besonderes, weil sie den Aufwand nicht gescheut haben, extra für den Jahrgang in die Heimat zurückzukehren, inklusive Übernachtung.

Bereitwillig werden zwei Plätze durch Zusammenrücken auf der Sitzbank freigemacht. Giacomo bringt eifrig noch zwei Gedecke herbei. Das wäre also überstanden.

Franzi fühlt sich wohl neben Angela, der Frau des zweiten Vorstandes. Sie verstehen sich gut, müssen sich nur noch mit der jeweils anderen Mundart arrangieren, was letztendlich kein Problem darstellt, wie ihr gegenseitiger Redefluss eindrucksvoll beweist. Hans hat einen Platz neben Jörg erwischt und somit Glück gehabt. Die beiden verbindet nicht nur gegenseitige Sympathie, sondern auch ihre gemeinsame Liebe zu hochwertigem Grappa.

Nach der Salatplatte, die als erstes serviert wird, hält es Alex für angebracht, eine Begrüßungsrede zu halten.

»Liebe Jahrgänger und Jahrgängerinnen, ich möchte euch herzlich zur diesjährigen Jahresabschlussfeier begrüßen! Es spricht für den Zusammenhalt und die Harmonie des Jahrgangs, dass so viele von euch erschienen sind. Ganz besonders freue ich mich über unsere auswärtigen Gäste, die keine Mühe gescheut haben, nach Trossingen zu kommen. Wir heißen also herzlich willkommen: Charly aus der Schweiz, Jörg aus Stuttgart und Hans aus München. Auch über eure Begleiterinnen, ob Lebenspartnerinnen oder Gattinnen, freuen wir uns. Jetzt wünsche ich euch einen guten Appetit bei Giacomos köstlicher Pasta. Danach geht es weiter mit dem unterhaltsamen Teil des Abends. Danke!«

Einem aufmerksamen Betrachter wäre aufgefallen, wie zwischen Hans und Bärbel die Blicke hin- und hergehen. Wie von selbst bewegen sich ihre Gabeln vom Teller in den Mund, während ihre Augen nicht voneinander lassen können. Sie hatten sich kennengelernt, als Hans bei einem Besuch in seiner Heimat von Alex zum Abendessen eingeladen war. Man hatte sich damals über den Tango Argentino ausgetauscht und diesen dann auf dem Wohnzimmer-Parkett getanzt. Zwischen den beiden hatte sich dadurch eine Verbundenheit ergeben, die zwischenzeitlich in Vergessenheit geraten war, heute aber bei ihrem Wiedersehen von Neuem erwacht ist. Hans möchte gerne wieder mit ihr Tango tanzen, der es ihm ermöglicht, ihr nahe zu sein.

Reinhard, Angelas Mann und zweiter Vorstand des Jahrgangs, erzählt gerade unterhaltsame Anekdoten aus seiner Schulzeit, nachdem die Bedienung inzwischen abgeräumt hat. Er ist schon ein richtiger Hallodri gewesen damals. Seine Frau belächelt zwar seine Geschichten, ist aber auch ein bisschen stolz, wenn es darum geht, auf welche Art und Weise er sie einst umworben hat.

Also, folgendes hat sich damals zugetragen:

Er, Reinhard, hat einmal eine Leiter am Haus ihrer Eltern aufgestellt, ist in den zweiten Stock hinaufgeklettert und wollte gerade durchs Fenster in ihr Zimmer einsteigen, als ihr Vater durch die Geräusche wach wurde. Der temperamentvolle Italiener wollte die Jungfräulichkeit seiner einzigen Tochter bis hin zum Traualtar bewahren und verfolgte im Schlafanzug den flüchtigen Freier, bis ihm die Puste ausging. Der starke Zigarettenkonsum seines künftigen Schwiegervaters hat Reinhard in dieser Nacht wohl das Leben gerettet. Doch ein schönes Mädchen wie Angela will erobert werden, vermutlich auch deswegen, weil italienisches Blut in ihren Adern fließt. Wer anders könnte das als Reinhard, der mit einem grenzenlosen Selbstwertgefühl und einem betuchten Vater gesegnet war. Tage später holte er Angela mit dem dicken Mercedes seines Vaters ab und führte sie in ein Restaurant aus, das sich damals nur Begüterte leisten konnten. Angelas Vaters Wut war inzwischen verraucht, Stolz war an deren Stelle getreten. Ihre Mutter dachte derweil, meine Tochter soll es einmal besser haben als ich, und lächelte zufrieden in sich hinein.

Das ist eine Geschichte so ganz nach Franzis Geschmack. Sie hängt an Reinhards Lippen, während Hans eine Berührung an seinem Oberarm spürt. Einige sind von hinten herangetreten, um mitzuhören. Eine Wange legt sich sachte an seinen Kopf. Zufall oder Absicht? Das ist aber eine intime Berührung, wundert er sich, will sich ihr aber nicht entziehen und genießt das Prickeln. So verharrt er regungslos, fast angespannt, in diesem geheimnisvollen Körperkontakt, vergisst beinahe zu atmen und verpasst dadurch den Beginn einer neuen Abenteuergeschichte.

Reinhard war während einer Unterrichtsstunde ungehorsam gewesen und wurde zur Strafe vom Klassenlehrer in eine dunkle Kammer gesperrt. Zu seiner Überraschung befand sich noch jemand in dieser Kammer – ein

Mädchen, wie er durch neugieriges Betasten feststellte. Damals war es mehr oder minder eine Mutprobe, die Mitschülerinnen zu begrabschen, um damit hinterher vor den Klassenkameraden prahlen zu können. Reinhard gehörte, im Gegensatz zu Hans, zu dieser Sorte Jungs und nutzte die Gunst der Stunde. Doch das Mädchen konnte keinen Gefallen an seinem Tun finden, wehrte sich vehement, schrie »Nein, nein!« und um Hilfe.

Der Reli-Lehrer, der in dieser Stunde freihatte und sich in diesem Moment in Richtung Pausenhof begab, um eine Zigarette zu rauchen, nahm den Tumult wahr, öffnete mit dem Hauptschlüssel die Tür zur Besenkammer und musste erleben, dass Sodom und Gomorra nicht nur so eine Geschichte aus dem Alten Testament ist, die er bevorzugt im Konfirmandenunterricht mit erhobenem Zeigefinger vorlas. Sodom und Gomorra ist nicht alttestamentarische Vergangenheit, sondern lebendige Gegenwart, und zwar hier in seiner Schule. Er hat es zwar nie so richtig wahrhaben wollen, aber diesen Schüler Berger hatte er schon immer auf dem Kieker.

Mit strafendem Blick befreite er die beiden aus ihrer Gefangenschaft, wollte aber den Mantel des Schweigens darüberlegen, um sich nicht mit einer möglichen Verantwortung konfrontieren zu müssen, denn schließlich hatte er die Schülerin wegen wiederholten Störens des Unterrichts in die Besenkammer gesperrt und sie dort völlig vergessen. Mit der Begründung »Die Wege des Herrn sind unergründlich« würde er seinem Rektor wohl kaum kommen können. In seinen Gedanken formulierte sich die Aussage Jesu aus dem Johannes-Evangelium »Geh hin und sündige hinfort nicht mehr!«, was er denn auch dem Schüler Berger mit auf den Weg gab. Sichtlich erlöst begab er sich dann auf den Schulhof, zog mit zitternden Händen eine Gauloise aus der Schachtel und zündete sie an.

Franzi ist von dieser Erzählung etwas irritiert, Angela hingegen findet sie eher peinlich. Sie schaut ihren Gatten, der gerade sein drittes Bier leergetrunken hat und schon wieder nach der Bedienung winkt, mit säuerlicher Miene an. Der eine oder andere männliche Zuhörer lacht anstandshalber und der sensible Alex merkt, dass er etwas tun muss, um die Situation zu retten. Er postiert sich in der Mitte des Raumes und wartet, bis alle wieder an ihre Plätze zurückgekehrt sind. Diejenige, die sich an Hans angeschmiegt hatte, verabschiedet sich mit einem hauchzarten Küsschen auf sein Ohr und entfernt sich. Der verbliebene Duft bestätigt, dass es eine Frau gewesen sein muss. Nun endlich dreht sich Hans um und sieht, wie Bärbel zu ihrem Tisch zurückgeht.

»Meine Lieben, für den Höhepunkt des Abends haben wir weder Kosten noch Mühen gescheut, um ein Tangopaar aus der bayerischen Landeshauptstadt engagieren zu können. Es sind keine Geringeren als Hans & Franzi Schubert. Ich bitte um Applaus für unser Tanzpaar!«

Alex dreht sich Beifall klatschend zu den beiden hin. Die Jahrgänger applaudieren, grölen und pfeifen, als ob Rex Gildo seinen Auftritt hätte. Sie müssen nun aufstehen und sich vor ihrem Publikum verbeugen, das zeigt Alex mit seinen nach oben gerichteten Handflächen an. Hans strahlt dabei eine souveräne Ruhe aus, denn er kennt solche Situationen zur Genüge. Er greift nach Franzis Hand. Ihr Gesicht färbt sich leicht ins Rötliche, was ihr gut steht. Sie sieht einfach umwerfend aus mit ihren hochgesteckten Haaren und ihrem Tango-Outfit: Weinrote Bluse, enger schwarzer Rock, Netzstrümpfe. Ihr linkes Handgelenk ist mit unzähligen Silberreifen geschmückt, die bei jeder Bewegung ihres Arms klimpern. Nicht wenige der männlichen Jahrgänger beneiden den einst schüchternen Hans um diese Frau.

Unter der Regie von Alex werden Tische beiseitegeschoben, während er eine CD in den Player einlegt. Er hat sich extra für diesen Auftritt einen Ghettoblaster von seinem Schwager geliehen. Während des Soundchecks huscht noch rasch die Bedienung mit vollem Tablett über die Tanzfläche. Franzi drückt sich gegen die Wand, um ihrer Berufskollegin Platz zu machen. Heute darf sie einmal eine andere Rolle einnehmen, worauf sie stolz und Hans dankbar ist.

Ein Tango unterbricht ihre Gedanken. Es geht los! Hans begleitet sie an der Hand führend auf die Tanzfläche, stellt sich ihr gegenüber und führt seine rechte Hand zu ihrem Schulterblatt. Franzi tut es ihm gleich und legt ihre rechte Hand in seine dargebotene linke. Gleichzeitig kommen sie in die geschlossene Haltung – dabei strahlen beide eine Innigkeit aus, die auch die letzten Jahrgänger zur Ruhe kommen lässt. Sie lassen sich Zeit, um sich einzustimmen, wiegen sich von einem Bein auf das andere, bis Hans einen Seitschritt führt, passend zum Einsatz des Sängers Alberto Morán. Hans kennt diesen Tango *Pasional* von Osvaldo Pugliese und weiß deshalb, wie er ihn zu tanzen hat: Grundschritt mit Variationen und Verzögerungen. Als er merkt, dass Franzi ihm gut folgen kann, führt er sie in Rück-Ochos und Moulinetten. Die letzten Takte lassen das Ende des Tangos erahnen, sodass Hans die Gelegenheit nutzt, um Franzi in eine spektakuläre Schlusspose zu führen. So wie sie es immer auf Videos gesehen haben, halten sie sich nach dem Tanz an der Hand und verbeugen sich lächelnd nach allen Seiten, während der Beifall des begeisterten Publikums ertönt. Sie sind mit sich zufrieden, sie sind geradezu über sich hinausgewachsen.

»Zugabe, Zugabe!«, ruft Alex in den Raum und bleibt mit dieser Forderung nicht der Einzige, auch andere schließen sich seinem Wunsch mit lauten Bravo-Rufen an. Hans hat mit einer Zugabe gerechnet, doch er weiß nicht, was Alex als Nächstes auflegen wird.

Schön, denkt er, als er während der ersten vom Klavier gespielten Takte den Vals *Desde el Alma* erkennt. Der Pianist spielt die Melodie, die man, einmal gehört, nie wieder vergisst. Die Streicher geben Antwort, immer nur mit zwei langgestrichenen Tönen, die in der Tonhöhe nach oben klettern. Alex ist also dem Orquesta Osvaldo Pugliese treu geblieben. Ein kurzer verliebter Blick, dann legen beide ihre Köpfe aneinander. Franzi mag, wie alle Tänzerinnen, den Dreivierteltakt. Die dazu passenden Rück-Ochos beherrscht sie und bei den anderen Figuren, in die sie von Hans geführt wird, bekommt sie immer wieder Gelegenheit für Verzierungen, die beim Publikum wegen ihrer langen, mit Netzstrumpfmustern verzierten Beine, bewundernde Beachtung finden. Hans verzichtet diesmal auf eine spektakuläre Schlusspose und umarmt stattdessen nach dem fulminanten Ausklang der Musik stolz seine tapfere Franzi.

Beifall klatschend stellt sich Alex zwischen die beiden, legt seine Hände auf ihre Schultern und hat den Jahrgängern etwas mitzuteilen.

»Liebe Jahrgänger, liebe Jahrgängerinnen, ich bin von den Socken und weiß nicht, wie ich mich ausdrücken soll – was bei mir bekanntlich recht selten vorkommt. Eine bessere Werbung kann es für den Tango nicht geben als das, was uns Hans und Franzi dargeboten haben! Und jetzt muss ich euch noch ein Geständnis machen: Bärbel und ich haben mit der Tangoschule in Rottweil verhandelt, ob sie speziell für unseren Jahrgang einen Tangokurs anbieten würden – und sie haben zugesagt! Wer also einmal so tanzen möchte wie diese beiden hier, der möge sich doch in die Liste eintragen, die dort auf dem Tisch liegt. Dann sehen wir weiter. Ich bin mir sicher, dass euch Hans und Franzi gerne alle Fragen rund um den Tango beantworten werden. Ich wünsche euch noch einen vergnüglichen Abend!«

Jetzt wollen alle das Tanzpaar an ihrem Tisch haben. Stühle werden gerückt, um ihnen Platz zu machen. Hans zögert – er möchte niemanden bevorzugen, mit einer Ausnahme!

Ist es Fügung oder Zufall, dass er ausgerechnet neben Bärbel zu sitzen kommt? Alex bemüht sich eifrig um die Gesellschaft von Franzi. Sie ist regelrecht davon angetan und fühlt sich nun angenommen im ehrwürdigen Kreis der Jahrgänger. Oberhalb des Tisches führt Hans

Gespräche mit den Leuten, die neben ihm und gegenüber von ihm sitzen. Unterhalb davon berührt ein Oberschenkel den seinen; diesmal kann er den Körperkontakt sofort und eindeutig zuordnen.

Es kommt, wie es kommen muss, in alkoholseliger Stimmung werden Rufe laut, welche nach Musik zum Tanzen verlangen. Auf einmal wollen alle Tango tanzen. Hans, dem Tango-Ästheten, stehen die Haare zu Berge in der Vorstellung, diese angetrunkene Meute könnte dieses immaterielle Weltkulturerbe entwürdigen. Andererseits würde er dadurch wahrscheinlich die Gelegenheit bekommen, mit Bärbel zu tanzen.

Alex dreht sich zum CD-Player hin, um die Starttaste zu drücken, dann wendet er sich Franzi wieder zu, um sie zum Tanz aufzufordern. So ganz allein auf der Tanzfläche fühlt er sich doch nicht so wohl und fordert die andern durch Handzeichen zum Tanzen auf. Darauf haben viele gewartet und es entsteht ein regelrechtes Gedränge und Geschiebe auf diesen wenigen Quadratmetern, die zur Verfügung stehen. Giacomo und die Bedienung versuchen Ordnung in das Chaos zu bringen, indem sie die Tische gegen die Wände schieben. Alex und Franzi sind bemüht, die eine oder andere Tangofigur in Laufrichtung zu tanzen. Andere wiederum versuchen, sich an Tangoschritte aus vergangenen Zeiten zu erinnern, als sie in der letzten Klasse einen Tanzkurs, von der Schule organisiert, besucht hatten. Manche Paare reduzieren ihre Tanzbewegungen auf den allseits beliebten Stehblues und kommen so wieder einmal in intimen Körperkontakt zueinander, der nicht wenigen von ihnen im Verlauf ihres langen Ehelebens abhandengekommen war. Nahezu unbemerkt tauchen Hans und Bärbel in der Menge unter. Getarnt durch die geschlossene Haltung des Tango Argentino nehmen sie die Gelegenheit wahr, sich nahe zu sein. Hans führt lediglich reduzierte Schritte, alles andere wäre bei der überfüllten Tanzfläche auch nicht möglich. Als Franzi dies aus dem Augenwinkel heraus beobachtet, möchte sie sich am liebsten aus Alex' Armen winden und Bärbel abklatschen. Doch den Mut dazu bringt sie nicht auf.

»Du wolltest uns doch schon früher besuchen«, sagt Bärbel fast ein bisschen vorwurfsvoll.

»Ja, das wollte ich, doch dann kam unser Sohn auf die Welt. Aber jetzt bin ich ja da.«

»Sehen wir uns noch einmal, bevor du fährst?«

In diesem Moment begegnen sich seine und Franzis Blicke. Da wird ihm einmal mehr bewusst, was für eine wunderbare Frau er doch hat. Er möchte sie in seine Arme nehmen und ihr sagen, dass er sie liebt.

»Ich weiß nicht, es wird wohl nicht möglich sein.«

Kaum dass er das gesagt hat, rückt Bärbel enttäuscht von ihm ab. Nur ein paar Sekunden später, als die beiden Paare nahe beieinander tanzen, löst sich Hans von Bärbel, übergibt sie Alex und nimmt Franzi in die Arme.

»Mein lieber Mann, endlich bist wieder bei mir!« Franzi schmiegt sich so innig an Hans, als ob er von einer langen Reise zurückgekehrt wäre. Und endlich kann er ihr sagen, was ihm auf dem Herzen liegt: »Ich liebe dich!«

Eine sternenklare Nacht hat Trossingen in einen Kühlschrank verwandelt. Es geht hoch her in Giacomos Pizzeria. Er wird heute den Umsatz seines Lebens machen. Die Tanzfläche hat sich inzwischen geleert. Man widmet sich anstelle des Tanzens den Erzeugnissen der schwäbischen Braukunst sowie den Chiantis und Frascatis aus Giacomos Weinkeller. Die ursprüngliche Sitzordnung hat sich aufgelöst; wer zusammenpasst, hat zueinander gefunden. Hans und Franzi verspüren den Wunsch nach Zweisamkeit. Äußerlich zeigt sich das, indem Hans Franzis Hand hält und sie fest drückt, was Bärbels wachsamen Augen nicht entgeht. Sie hatte sich für den heutigen Abend Hoffnungen auf einen Seitensprung mit Hans gemacht und hätte alles dafür gegeben. Aber nun weiß sie, dass sie gegen eine Frau wie Franzi nicht ankommt, auch wenn sie selbst nicht unattraktiv ist und Alex von vielen Männern um sie beneidet wird. Aber Franzi hat das gewisse Etwas und ist dazu noch wesentlich jünger als sie.

Hans will gehen und überlegt schon die ganze Zeit, wie er das bewerkstelligen könnte. Als er eine SMS von jemandem erhält, hat er die Lösung gefunden. Er zwinkert Franzi zu und sagt in bedauerndem Ton zu Alex, der neben ihm sitzt: »Du Alex, ich habe gerade eine Nachricht von meiner Mutter erhalten – wir sollen kommen, unser Sohn hat Zahnschmerzen und weint schon die ganze Zeit. Es tut uns leid, jetzt schon gehen zu müssen, aber wir haben keine andere Wahl.«

»Schade, aber so ist es, wenn man Kinder hat. Ich kenne das. Sehen wir uns morgen?«

»Leider nicht, Franzi muss morgen Nachmittag arbeiten.«

»Kommt ihr wieder mal? Vielleicht zum Tangokurs. Ich habe schon einige Anmeldungen.«

»Gib mir Bescheid! Dann werden wir sehen.« Sie stehen auf und umarmen sich zum Abschied. Von Bärbel erhält Hans eine distanzierte Umarmung mit der Bemerkung: »Ich bin enttäuscht!«

»Sorry, es tut mir leid.« Ein letzter gegenseitiger Blick, das war's dann.

Sie verabschieden sich noch von Jörg und seiner Frau, von Reinhard und Angela. Bis bald, heißt es unisono. Und endlich können sie die Tür der Pizzeria hinter sich schließen. Im Auto fallen sie dann übereinander her wie ausgehungerte Wölfe über ein Opferlamm. Und wäre es nicht so kalt gewesen, wer weiß, was an Ort und Stelle noch geschehen wäre …

»Da brennt a Licht. Ob's no auf san, de Zwoa?«

»Bin auch gespannt, was uns gleich erwartet.«

Am Elternhaus angelangt öffnet Hans so leise wie möglich die Haustür. Drinnen bewegen sie sich auf Zehenspitzen dem erleuchteten Zimmer zu, Hans' ehemaligem Kinderzimmer im ersten Stock.

Durchs Schlüsselloch kann man nichts sehen, weil innen der Schlüssel steckt. Also drückt Hans so sachte wie möglich die Türklinke nach unten und öffnet die Tür so behutsam, als ob sich ein Geheimnis dahinter verbergen würde.

Es könnte ein Werbefilm der Firma Märklin sein, so

die Szenerie, die sich vor ihnen auftut. Eine Lok mit drei Waggons, die unaufhaltsam ihre Runden dreht. Neben den Gleisen ein Minidorf mit Bahnhof, zwei Häusern und einer Kirche. Auf dem Sessel sitzt die eingenickte Oma, Max lümmelt schlafend auf ihrem Schoß.

»Mei, wie süß!«, flüstert Franzi.

»Was sollen wir tun?«

Als Hans den Trafoknopf zurückdreht und damit den Zug zum Stehen bringt, wacht die Oma auf. Sie blinzelt. Als sie realisiert, wer sie geweckt hat, legt sie den Zeigefinger auf die Lippen: »Pscht!«

Franzi nimmt ihr Max aus dem Schoß, so behutsam, als ob er ein rohes Ei wäre. Hans begleitet seine Mutter am Arm nach unten in ihr Schlafzimmer. Kurze Zeit später sieht man die Drei im Bett liegen – Max natürlich zwischen ihnen. Statt der ersehnten Zweisamkeit hat sich der Familienmodus ergeben. Doch das sollte sich im Laufe der Nacht noch ändern.

7.

Bologna

Der inzwischen zwei Jahre alt gewordene Max läuft seinen Eltern voraus. Sein Übermut lässt ihn Treppen hinauf- und hinunterklettern, wo immer er welche findet. Slalomartig umläuft er Poller um Poller. Zum Darüberhüpfen ist er noch zu klein. Nur ab und zu dreht er sich nach seinen Eltern um, die verliebt Hand in Hand durch die Straßen Bolognas schlendern. Auf einmal bleibt er stehen. Seine kleinen Hände betasten eine Arkadensäule.

»Papa, was ist das?«

»Das sind Säulen, die die Arkaden stützen, unter denen wir gehen.« Hans macht mit seinen Armen eine ausladende Bewegung nach oben.

»Warum sind die da?«

»Damit wir trocken bleiben, wenn es regnet. Dann brauchen wir auch keinen Regenschirm.«

Max überlegt, gluckst und läuft weiter.

»Des stimmt aba ned, was do gsogt host«, meint Franzi und schaut Hans vorwurfsvoll an.

»Na ja, nicht ganz. Aber wenn wir immer ganz ehrlich sein wollen, dürfen wir ihm auch nichts vom Christkind und vom Osterhasen erzählen.«

»Des is doch was anderes. Lügst mi a manchmal o?«

Sie bleiben stehen. Jetzt erhält Franzi einen vorwurfsvollen Blick von Hans.

»Natürlich nicht, wie kommst' denn auf sowas?« Hans

spielt den Entrüsteten, dreht sich um und geht weiter. Franzi holt ihn ein und greift nach seiner Hand.

»So moan i's doch ned. «

Das Quietschen eines bremsenden Autos lenkt die beiden voneinander ab. Max war einer Taube nachgerannt, die auf der Straße an etwas herumpickte. Dabei hat er noch einmal Glück gehabt. Noch ein halber Meter und das Auto hätte ihn erfasst. Seine Eltern vergessen über den Schreck ihre Meinungsverschiedenheit. Froh, dass ihrem Max nichts passiert ist, nehmen sie ihn in ihre Mitte. Von dem Vorfall eingeschüchtert lässt er sich folgsam an den Händen führen – aber nur so lange, bis ihn neue Eindrücke das gerade Geschehene vergessen lassen.

Sie gelangen an eine unwirkliche Stelle. Wie ein vergessenes Stück Bologna tut sich rechter Hand eine Häuserschlucht auf, die ein Schattendasein führt, anscheinend von allen vergessen, selbst von der Sonne nie beschienen. Franzi und Hans bleiben stehen und blicken verwundert auf dieses Bild, das einem Ölgemälde aus alter Zeit gleichen könnte. Max wird von Hans auf das Geländer der Brücke gesetzt, auf der sie gerade stehen, und mit beiden Armen festgehalten. Die drei sehen in eine enge Häuserschlucht, die man eher Neapel zuordnen würde. Die verschiedenen pastellfarbenen Orangetöne der Häuserwände haben im Lauf der Jahrzehnte ihre Leuchtkraft verloren, soweit sie überhaupt noch erhalten sind. Ziegelsteinwände zeigen sich an Stellen, an denen sich der Putz abgelöst hat. Dazwischen verlaufen ein Fluss und eine schmale Straße. Jedenfalls fließt eine schaumige Brühe zwischen den Häuserfronten hindurch. Wenn man nicht gerade Chemiker ist und auch noch über reichlich Fantasie verfügt, könnte man diesen Anblick romantisch finden oder sich sogar in eine mittelalterliche Szenerie zurückversetzt fühlen.

Ähnlich seltsam wie der Anblick der von der Sonne verschmähten und heruntergekommenen Häuserfronten und des vom Regen vergessenen Flussbetts, das längst zur Abwasserkloake verkommen war, ist das, was Max gerade entdeckt hat. Am Ende der Brücke, nur ein paar Meter weiter, bildet ein Eisenzaun im Verbund mit einer Ziegelsteinmauer ein kleines Dreieck, das einem noch jungen Bäumchen Schutz bietet, als ob es eine kostbare botanische Rarität wäre. Doch das ist es nicht, was Max' Aufmerksamkeit auf sich zieht – es sind vielmehr die zahlreichen Vorhängeschlösser, die an diesem Zaun angebracht sind.

Max will das genauer inspizieren. Er dreht und wendet seinen kleinen Körper in der Umklammerung von Papas Armen. Als er dann zu quengeln beginnt, werden seine Eltern auf ihn aufmerksam.

»Was ist denn los, Max, musst du mal Pipi?«

»Papa, was ist das da?« Sein Ärmchen deutet nach links.

»Das ist ein Eisenzaun.«

»Na, der moant doch dia Schlösser, dia wo do hängen. Sigst des ned?«

Die Familie Schubert steht nun vor dem Objekt, das ihr jüngstes Mitglied entdeckt hat.

»Ach die! Das sind Liebesschlösser. Also Max, wenn zwei Menschen sich gernhaben, so wie die Mama und ich, dann kaufen sie ein Schloss, lassen ihre Namen darauf eingravieren und hängen das Schloss an diesen Zaun.«

Max befreit sich aus den Armen seines Papas, geht zum Zaun und untersucht die Schlösser, die in seiner Reichweite hängen.

»Papa, ist das da von der Mama und von dir?« Max zeigt auf ein rotes herzförmiges Schloss. Hans überlegt, was er antworten soll. Franzi verdreht schon wieder ihre Augen. Doch Hans geht mutig das Risiko ein.

»Ja, das ist unseres. Gefällt es dir?«

»Ja. Steht da Mama und Papa?«

»Na Max, do steht Hans und Franzi.« Endlich spielt Franzi mit und kooperiert. Es besteht keine Gefahr, denn Max kann ja noch nicht lesen.

Hans schaut heimlich auf seine Uhr. Sie haben noch eine halbe Stunde Zeit, um rechtzeitig am Ort seiner geheimen Verabredung anzukommen. Er orientiert sich an den beiden mittelalterlichen Türmen, die sie passieren müssen, um in die Via Castiglione zu gelangen, die sie zu den Giardini Margherita leiten wird. Er allein übernimmt die Führung, verhält sich aber so, als ob sie sich ziellos durch die Stadt treiben lassen würden. Dabei muss er sich am Stadtplan orientieren und den Rest der Familie bei Laune halten.

Je mehr sie sich vom Zentrum entfernen, umso weniger prägen Arkaden das Straßenbild. Max bemerkt das und sagt: »Papa, jetzt brauchen wir einen Regenschirm.«

»Warum?«

»Weil die Akaden nicht da sind.«

»Aber es regnet doch nicht.«

»Warum nicht?«

»Weil keine dunklen Wolken am Himmel sind.« Beide schauen hoch.

Diese Erklärung von seinem Vater muss Max erst einmal verdauen. Währenddessen steht Franzi vor dem Schaufenster eines Modegeschäftes, das von der Kundschaft der betagten Damen des Viertels vermutlich gerade so existieren kann.

Die drei setzen ihren Spaziergang in Richtung Porta Castiglione fort. Es ist offensichtlich, dass sie die attraktive Innenstadt verlassen, wenn sie so weitergehen. Hand in Hand überquert die Familie Schubert die breite Ringstraße, welche die Altstadt von den jüngeren Stadtteilen trennt. Hans hat mit dem Versprechen, auf der gegenüberliegenden Seite würde es einen wunderschönen Park mit Kinderspielplätzen geben, die beiden über die Straße locken können. Das mit den Spielplätzen hat er von Isabel erfahren und diese sind ein wichtiger Teil seines Plans. Hans hat sich bisher ablenken lassen, doch jetzt ist er sich bewusst, dass sich Isabel und seine Tochter ganz in der Nähe befinden. Sein Herz schlägt höher, als er zielstrebig mit Franzi und Max den Eingang des Parks betritt.

Sie sind überrascht von der Weitläufigkeit dieser Parkanlage. Franzi und Hans hätten den Spielplatz gleich rechts nach dem Eingang übersehen, wenn sich Max nicht von ihnen losgerissen hätte und darauf zugestürmt wäre. Staunend bleibt er vor den bunt bemalten Spielgeräten stehen, die er noch nicht kennt, denn daheim haben sie andere und die sind auch nicht so bunt. Er weiß nicht, welchem er sich zuerst zuwenden soll. Sieben an der Zahl sind es. Eine Röhre, durch die er hindurch schlüpfen kann, ein angedeutetes Schiff mit Steuerrad, zwei senkrecht aufgestellte Halbkreise im Maikäfer-Design, mit Stangen zum Klettern dazwischen, eine Rutsche, ebenfalls mit Maikäfer-Stützwänden und dann noch drei Sitzwippen, die drei Tiere darstellen – Hund, Maus und Delphin. Auf der Mauswippe sitzt ein kleines Mädchen in seinem Alter, ihre Mutter steht bei ihr und sichert sie mit ihren Händen. Max setzt sich auf die Hundewippe und dreht seinen Kopf zu dem Mädchen hin. Er will ihr zeigen, dass er noch doller wippen kann als sie, und das auch noch ohne die Hilfe seiner Eltern. Die sitzen derweil auf der Parkbank. Franzis Blicke ruhen stolz auf ihrem Sohn und sie bemerkt, wie er bereits mit dem hübschen Mädchen flirtet. Hoffentlich wird er nicht mal so ein Hallodri werden wie sein Vater. Dessen Blicke wenden sich ebenfalls dem Spielplatz zu, sind jedoch weniger auf seinen Sohn als vielmehr auf diese Frau und ihre Tochter fokussiert. Wenn er könnte, wie er wollte, würde er aufstehen und beide umarmen. Denn diese Mutter ist seine ehemalige Geliebte und das kleine Mädchen ist ihre gemeinsame Tochter.

Max steigt von seiner Hundewippe und geht zu dem Mädchen.

»Wie heißt du?«

»Come?«

»Sie heißt Carlotta und wie heißt du?« Die Mutter des Mädchens spricht deutsch und übersetzt.

»Max. Willst du mit mir spielen?« Carlottas Mutter übersetzt, so gut sie kann.

»Si«, antwortet darauf das Mädchen. Max hilft ihr von der Maus herunter.

»Komm, wir gehen zur Rutsche.« Er nimmt ihre Hand und führt sie hinüber zur Rutsche.

Carlotta dreht sich fragend zu ihrer Mama, ihr blonder Pferdeschwanz pendelt dabei hin und her. Sie sehen aus wie Geschwister, denkt Hans. Carlottas Mutter nickt ihr aufmunternd zu. Dann macht sie sich auf den Weg hinüber zur Parkbank. Franzi steht auf, sie fühlt sich nun für beide Kinder verantwortlich.

»Buongiorno«, grüßt sie diese andere Frau.

»Buongiorno.« Ihre Wege überkreuzen sich auf Höhe des Delphins. Hans sieht seine geliebte Isabel auf sich zukommen, die sich so verhält wie bei ihrer allerersten Begegnung in München. Distanziert, was sie so gut beherrscht, er hingegen gar nicht. Wenigstens ihre kleinen Finger berühren sich, als sie neben ihm sitzt. Sie suchen nach Worten, Worte des Wiedersehens. Was sollen sie sich sagen nach zwei Jahren fast ohne Kontakt? Wenn sie allein wären, würden sie sich küssen. Aber sie sind nicht allein.

»Dein Sohn, er ist wie du.«

»Deine Tochter ist so schön wie du.«

»Unsere Tochter! Sie hat deine blauen Augen … «

»… und blonde Haare.« Isabel ergreift seine Hand mit wachsamem Blick zu Franzi, die mit den beiden Kindern beschäftigt ist.

»Bist du glücklich?«

»Ja. Und du?«

»Ich auch. Aber du fehlst mir!«

»Du mir auch!«

»Wann sehen wir uns wieder?«

»Ich schreibe dir, wenn ich …«

Franzi kommt zurück, wendet sich aber gleich wieder den Kindern zu, weil sie von Max gerufen wird. Die beiden verstehen sich gut, sie gehen von einem Spielgerät zum andern. Max nimmt dabei Carlotta, die ihn Matz nennt, immer an der Hand und zieht sie mit sich. Gerade sitzen sie nebeneinander in der Röhre und Max erklärt ihr gestenreich, dass das eine »Akade« für Kinder sei, sodass sie nicht nass werden, wenn es regnet.

»Die Mama darf auch hereinkommen, damit ihre Haare nicht nass werden. Sie ist nämlich beim Friseur gewesen!« Carlotta versteht das Wort »Mama«, nickt und sagt: »Mama, si.«

»Mama, du darfst hereinkommen, dass du nicht nass wirst. Kalotta hat nichts dagegen.« Franzi spielt das Spiel mit – sie schaut prüfend nach oben, ob da dunkle Wolken sind. Da sind natürlich keine, aber sie meint: »Sicher ist sicher.« Und im Bücken sieht sie Hans und diese schöne Frau im weißen Kleid nebeneinander auf der Bank sitzen. Die beiden unterhalten sich und wirken irgendwie vertraut – zu vertraut, findet sie. Dann entziehen sie sich Franzis Blick, denn innerhalb der Röhre befindet sich die Bank außerhalb ihres Blickfeldes. Doch sie macht sich ihre Gedanken.

Max und Carlotta sitzen nebeneinander, Franzi setzt sich auf die andere Seite. Das Mädchen trägt wie ihre

Mutter ein weißes Kleid. Ihre Haare sind blond, ihre Augen blau. Auch Max' Haare sind blond und seine Augen ebenfalls blau. Sie könnten Geschwister sein. Franzi erinnert sich an das Konzertplakat in Hans' Schlafzimmer und erkennt die Ähnlichkeit mit der Frau, die jetzt neben ihm sitzt. Und nun auch noch die Ähnlichkeit zwischen den beiden Kindern. Auch wenn draußen die Sonne scheint, in ihrem Innern ziehen schwarze Wolken auf und verdunkeln ihr Gemüt, wie sie es bisher noch nie erlebt hat. Sie kombiniert. Das Wochenende in Salzburg, als Hans sich nicht bei ihr gemeldet hatte. Die beiden Kinder, ungefähr gleich alt. Nein, das kann unmöglich wahr sein! Hans hat sie von Anfang an belogen und betrogen.

Isabel erhebt sich von der Bank und ruft ihre Tochter zu sich.

»Carlotta, dobbiamo andare. Dite addio al vostro amico.”

»No, voglio giocare un po.”

»Ma abbiamo bisogno di andare. Vieni!«

Hans erhält ein eiliges Abschiedsküsschen, dann löst Isabel ihre Hand und ihren Blick von ihm und setzt eine unbeteiligte Miene auf, die sie so gut beherrscht. Da kommt schon Carlotta aus der Röhre gekrabbelt und Max hinterher.

Isabel legt ihre Hand auf Carlottas Schulter und verabschiedet sich von Max.

»Auf Wiedersehen, Max. Du bist eine gute Junge. Wir sehen uns wieder!«

Max steht wie erstarrt da. Das ging ihm jetzt zu schnell.

Isabel führt ihre Tochter zum Eingang des Parks. Bevor sie um die Ecke biegen, drehen sie sich noch einmal um und winken. Hans und Max winken zurück.

»Papa, wo ist die Mama?«

»Sie war doch mit euch in der Röhre.«

»Da ist sie nicht mehr!«

Die beiden suchen den Spielplatz und die nähere Umgebung ab, doch Franzi bleibt verschwunden. Hans ist in großer Sorge. Eine schlimme Ahnung überkommt ihn. Er kennt seine Frau und er ahnt, dass er Unheil heraufbeschworen hat. Sie stehen ratlos auf dem Spielplatz, als ein Mann vom Eingang her auf sie zugerannt kommt.

»Vieni, vieni presto, tua moglie!« Mit hektischem Winken macht er seine, für die beiden unverständlichen Worte verständlich. Hans nimmt Max an der Hand und sie spurten los, dem Mann hinterher. Als sie die Straße erreichen, können sie erkennen, dass etwas passiert war. Ein paar Schaulustige scharen sich um eine Unfallstelle. Der Mann, der sie gerufen hat, drängelt sich durch die Menge hindurch und führt sie zu … Franzi, die vor einem Sportwagen am Boden liegt. Dicht neben ihr kniet eine Frau, die Franzis Kopf auf eine zusammengefaltete Decke gelegt hat und ihre Haare streichelt. Diese Frau ist Isabel. Hans kniet sich ebenfalls neben Franzi. Ihre Augen sind geschlossen. Sie hat eine stark blutende Kopfwunde und ist bewusstlos. Max steht erschrocken daneben. Aus der Ferne sind Sirenen zu hören. Der Fahrer des Sportwagens, ein vornehmer Herr, steht neben ihnen. Er versucht, den Unfallhergang zu erklären, doch keiner hört ihm zu.

»Wie ist das passiert?«, fragt Hans Isabel.

»Sie ist auf die Straße gelaufen und dann ist das Auto gekommen.«

Ein Rettungswagen fährt neben die Unfallstelle, der Notarzt ist auch schon da. Dieser testet gerade die wichtigsten Vitalfunktionen bei Franzi. Nach einem Bodycheck wird sie vorsichtig mit Hilfe einer Schaufeltrage auf die vorbereitete Trage des Rettungswagens gehoben, hineingeschoben und für den Transport stabilisiert. Es dauert einige Zeit, bis sich der Rettungswagen in Bewegung setzt. Isabel erkundigt sich, in welche Klinik Franzi gefahren wird. Sie wollten mit Isabels Auto gleich hinterherfahren, doch jetzt trifft auch die Polizei ein. Der Unfallhergang wird aufgenommen. Den Sportwagenfahrer trifft offenbar keine Schuld, da Franzi alle Regeln missachtete, als sie blindlings auf die Straße lief. Er hatte nicht die geringste Chance, ihr auszuweichen oder rechtzeitig bremsen zu können. Isabel übersetzt und kümmert sich um die notwendigen Formalitäten. Hans lernt jetzt noch andere Facetten von ihr kennen. Die Mutter seiner Tochter verhält sich auch souverän in außergewöhnlichen Situationen. Sie ist weit mehr als das, was er bisher von ihr kennengelernt hat – nämlich nicht nur Sängerin und Geliebte. Seine Achtung vor ihr wächst von Minute zu Minute.

Die verängstigte Carlotta, die von einer älteren Frau an die Hand genommen wird, möchte zu ihrer Mutter zurückkehren – doch sie muss sich noch gedulden.

Nachdem alle Formalitäten erledigt sind, steigen sie in Isabels Auto, das in einer Seitenstraße geparkt ist.

Sie stehen immer noch unter Schock, als sie im Auto sitzen. Hans vorne neben Isabel, Max und Carlotta hinten. Es herrscht eine bedrückende Stimmung, während Isabel zur Poliklinik fährt, die im Osten Bolognas an den Altstadtring angrenzt.

Hans macht sich schwere Vorwürfe, weil ihm spätestens jetzt bewusst wird, dass Franzi sein Vorhaben durchschaut hat. Und er schwört bei allem, was ihm heilig ist, dass er Franzi sein Leben lang treu bleiben wird, falls sie diesen schweren Unfall überstehen sollte. Wie konnte er nur ihre Liebe so fahrlässig aufs Spiel setzen! Gut, er hat endlich seine Tochter sehen können. Doch zu welchem Preis? Vor Anspannung presst er seine gefalteten Hände im Schoß zusammen.

Isabel ergeht es ähnlich wie Hans. Sie hätte dem Treffen niemals zustimmen dürfen. Damit hat sie ihren Mann hintergangen, genauso wie Hans seine Frau. Aber nun war es geschehen und sie will alles wieder gutmachen, wenn es nur nicht zu spät dafür ist. Franzi ist ihr in der letzten Stunde ans Herz gewachsen. Sie wird ihr Verhältnis zu Hans, dem Vater ihrer Tochter, ändern müssen, denn Paolo und Hans' Frau haben es nicht verdient, betrogen zu werden. Das alles verwirrt sie sehr – sie, die bisher ihr Leben stets unter Kontrolle hatte. Ihre Hände umklammern angespannt das Lenkrad.

Carlotta sitzt wie erstarrt auf dem Rücksitz, sie hat die erste schlimme Erfahrung in ihrem kurzen Leben gemacht. Das Bild, wie Max' Mama angefahren und mit erschrockenen, weit aufgerissenen Augen zu Boden geschleudert wurde, wird sie wohl niemals vergessen können. Sie möchte so gerne von ihrer Mutter in den Arm genommen und getröstet werden. Doch noch sitzen sie im Auto und die Mama muss fahren. In einer Kurve wird Max gegen Carlotta gedrückt, dabei berühren sich ihre Hände. Doch Carlotta zieht ihre Hand reflexartig zurück.

Max ist die Stille im Auto unheimlich. Er kann mit seinen Gefühlen nicht allein bleiben und will auch seine Frage, die ihn die ganze Zeit schon bedrängt, nicht zurückhalten.

»Papa, was hat die Mama?«

»Die Mama ist von einem Auto angefahren worden und jetzt besuchen wir sie im Krankenhaus.«

»Warum ist die Mama weggelaufen?«

»Sie hat auf die Toilette müssen.«

»Aber jetzt lassen wir sie nicht mehr allein!«

»Ja, Max, jetzt lassen wir sie nie mehr allein!«

Fast hätte Isabel die Abfahrt vom Altstadtring verpasst. Gerade noch erkennt sie die Abzweigung wieder, denn vor Jahren musste sie ihren Vater, als er einen Blinddarmdurchbruch hatte, in dieselbe Klinik bringen. Max greift nach Carlottas Hand und lässt sie nicht mehr los, bis sie schließlich das Klinikgelände erreichen. Isabel findet ganz in der Nähe des Eingangs einen Parkplatz.

Der Mann an der Anmeldung findet noch keinen Eintrag von Franzis Einlieferung. Sie war ja erst kurz vor ihnen angekommen. Er greift zum Hörer. Als er aufgelegt hat, weist er Isabel den Weg zur Notaufnahme.

Schweigend laufen sie die Gänge entlang. Carlotta greift nach der Hand ihrer Mutter, Max hingegen lehnt die Hand seines Vaters ab – er fühlt sich groß genug, um allein gehen zu können.

Die Schwester in der Notaufnahme bittet sie um etwas Geduld und deutet auf das Wartezimmer. Sie würden benachrichtigt, sobald die Untersuchung abgeschlossen ist. Hans wird gefragt, ob er der Mann der Patientin sei. »Si«, antwortet Isabel an seiner Stelle. Daraufhin erhält Hans einen Anmeldebogen, den er auszufüllen hat. Beide sind froh, beschäftigt zu sein, denn sie wissen nicht, was sie sich hätten sagen sollen. Die besondere Konstellation ihrer Begegnung macht es ihnen nicht leicht. Ein Zurück zu ihrem damaligen Verhältnis ist undenkbar – das spürt Hans ganz deutlich. Sie beide haben inzwischen andere Partner geheiratet. Nur noch die Erinnerung an ihre erotische Beziehung bleibt ihnen … und (!) ihr gemeinsames Kind, Carlotta.

Wie kann es weitergehen? Es muss weitergehen, ihr Bindeglied ist Carlotta. Vorrangig aber ist, dass Franzi wieder gesund wird und dass sie alles werden klären können. Wenn Hans daran denkt, überkommt ihn die Befürchtung, dass Franzi ihn mit der Frage nach Carlotta konfrontieren könnte. Denn wenn man die beiden betrachtet, braucht man nicht viel Fantasie, um sie für Geschwister zu halten. Derweil sitzen die beiden Kinder unbekümmert in der Spielecke. Max zeigt Carlotta, wie man mit Legosteinen ein Haus baut.

Isabel holt ihn aus seinen Gedanken zurück und stupst

ihn: »Lass uns weitermachen!« Sie ist disziplinierter als Hans. Er reißt sich zusammen.

Gerade, als sie fertig geworden sind und den Anmeldebogen abgeben wollen, kommt ein Arzt mit einer Assistentin auf sie zu.

»Signor Schubert?«

»Si.«

»Questo è il mio assistente, signora Wagner, saranno tradotti.” Sie geben sich die Hand und Hans stellt Isabel den beiden vor. Der schon ergraute Arzt mit kurzgeschnittenen Haaren unterhält sich mit ihr, während sich seine Assistentin, eine junge blonde Frau mit Pferdeschwanz und Brille, Hans zuwendet und sich vorstellt.

»Guten Tag Herr Schubert, ich heiße Melanie Wagner und studiere in Tübingen Medizin. Über ein Erasmus-Stipendiat bin ich nach Bologna an diese Klinik gekommen.«

»Frau Wagner, wie geht es meiner Frau und was hat sich bei den Untersuchungen ergeben?«

»Ihre Frau hat noch einmal Glück gehabt, Sie müssen sich keine Sorgen machen.«

»Also, was hat sie?«

»Frakturen an drei Rippen, daraus resultierende Hämatome und eine mittelschwere Gehirnerschütterung. Frau Schubert wird ein paar Tage bei uns bleiben müssen, bis sie transportfähig ist.«

»Kann ich sie sehen?«

»Heute leider nicht mehr«, sagt sie bedauernd, »sie braucht viel Ruhe. Morgen früh können Sie sie gerne besuchen, dann werden wir Ihnen auch genauere Auskünfte geben können.«

»Ist sie bei Bewusstsein?«

»Ja, aber wir haben ihr ein schmerzstillendes Medikament gegeben, das sie müde gemacht hat. Deshalb würde sie ein Besuch überfordern.«

»Herzlichen Dank, Frau Wagner!«

»Keine Ursache. Wir sehen uns dann morgen.« Sie dreht sich um und eilt ihrem älteren Kollegen hinterher, der sein Gespräch mit Isabel bereits beendet hatte. Hans will mit ihr das weitere Vorgehen besprechen, doch sie werden vom Läuten ihres Handys unterbrochen. »Pronto!« Hans kann nicht viel von dem verstehen, was Isabel sagt, doch die Wörter Paolo, Ambulanza und Clinico verraten ihm, dass sie gerade ihrem Mann von dem Unfall erzählt.

»Paolo hat sich Sorgen gemacht. Wir jetzt müssen nach Hause gehen. Kann ich euch zum Hotel fahren?«

»Danke, das ist sehr nett von dir, aber ein Spaziergang zum Hotel wird uns jetzt guttun.«

»Dann wir sehen uns morgen. Ciao, Hans!« Sie drückt ihn kurz und geht mit ihrer Tochter davon.

Max winkt Carlotta nach, die sich noch einmal nach ihm umdreht.

»Papa, kann ich morgen wieder mit Kalotta spielen?«

»Wenn sie mitkommen darf, ja.«

Am nächsten Morgen sind die beiden wieder zu Fuß auf dem Weg zur Klinik. Max ist in ausgelassener Stimmung und freut sich. Hans weiß nicht, ob sich Max mehr auf seine Mama oder auf Carlotta freut. Er selbst hat gemischte Gefühle. Zum einen hat er endlich mal seine Tochter kennengelernt, zum andern spürt er die Distanz zwischen Isabel und ihm. Und dann ist da auch noch Franzi mit ihrer verzweifelten Aktion. Selbst wenn er keinerlei Rücksicht auf seine eigenen Bedürfnisse nehmen würde, wird er diese verfahrene Situation nicht ohne eine glückliche Fügung des Schicksals lösen können. Sein Kopf ist leer, sein Verstand unfähig, irgendeinen Lösungsansatz zu finden. Doch andererseits befreit ihn diese Ohnmacht auch wieder aus seinem gedanklichen Hamsterrad. Zudem fordert ihn sein lebhafter Sohn, sodass er sich nicht völlig gehen lassen kann.

Gestern sind sie auf dem Weg zum Hotel noch in eine Pizzeria gegangen. Denn Max mag Pizza über alles, am liebsten die Pizza *Rucola* mit Parmaschinken. Hans bestellte ihm eine Kinderpizza, für sich eine *Napoli*. Im Hotel angekommen verlängerte er um drei Tage, dann würde man weitersehen. Außerdem musste er noch das Hotel in Grado stornieren, wohin sie morgen weiterreisen wollten. Er wundert sich, denn Max fragt nicht mehr danach – er lebt offenbar im Hier und Jetzt.

Den Weg zum Gebäudekomplex, in dem Franzi untergebracht ist, kennt Hans bereits. Max rennt spontan los, als er Carlotta auf dem Flur der Station sieht, zögert dann aber, weil ein Mann neben ihr steht, der ihre Hand hält. Hans erkennt ihn sofort wieder. Er hat ihn in London im Foyer des Holiday Inn gesehen, wie dieser Isabel in seinen Armen hielt. Kurz zuvor hatte sie Hans gestanden, dass sie diesen Mann bald heiraten würde. Es ist Paolo, Isabels Mann. Auch das noch! Er ist in der Tat sehr attraktiv, anscheinend von vornehmer Herkunft. Max wartet auf seinen Vater, der sich und seinen Sohn vorstellt.

»Hello, my name is Hans Schubert and this is my son Max. You are Isabels husband?«

»Bongiorno, Paolo Montinari. I heard a lot about you. My wife told me, she got to know you in Munich." Aha, denkt Hans, Paolo spricht ihm gegenüber von seiner Frau und nicht von Isabel.

»Yes, Tango is our common passion!"

»By the way, she is already in the room." Paolos Hand deutet zur Tür von Franzis Zimmer. Ende der Unterhaltung.

Wie auf Befehl folgt Hans dieser Handbewegung. Dabei vergisst er, Max mitzunehmen, der mit Carlotta herumblödelt. Er vergisst auch anzuklopfen, bevor er das Krankenzimmer betritt.

Das Bild, das er jetzt vor Augen hat, wird er nie vergessen. Er bleibt erstarrt stehen. Isabel sitzt auf Franzis Bett, ist vornüber gebeugt und umarmt sie – ganz vorsichtig, um ihr nicht wehzutun. Mit einer Zärtlichkeit, die Hans nur zu gut von ihr kennt, küsst sie Franzis Wange. Ihre Lippen bewegen sich zu ihrem Mund hin und lässt sie darauf liegen. Franzi verhält sich passiv, aber nicht ablehnend. Im Gegenteil, ihre Hände halten Isabels Arme, als wollten sie ihr sagen: »Bleib, bleib, du Schöne, du Zärtliche!«

Und Hans versteht die Welt nicht mehr. Seine Frau und seine ehemalige Geliebte als beste Freundinnen? Das kann sich nur gegen ihn richten, denn spätestens jetzt hat er die Gewissheit, dass er Isabel für immer verloren hat. Und Franzi? Der Kloß in seiner Kehle wächst, er kann kaum noch schlucken und möchte nur noch fort von hier. Das kann er aber nicht. Er sitzt in der Falle, alle Fluchtwege sind ihm verwehrt. Hinausgehen kann er nicht, denn dort wartet Paolo mit den Kindern, und weiter hineingehen ins Zimmer …

Dann musst du eben die Suppe auslöffeln, die du dir eingebrockt hast, sagt er sich. Sei ein Mann! Die Hoffnung stirbt zuletzt. Entschlossen geht er ein paar Schritte zurück, klopft von innen an die Tür, räuspert sich und geht, als ob nichts wäre, zum Bett hin.

Beide Frauen erschrecken. Isabel steht auf, schaut ungläubig zu Hans, der sie ertappt hat. Franzi verzieht ihr Gesicht vor Schmerz – das Erschrecken muss weh getan haben. Isabel geht hinaus, an Hans vorbei, ohne ihn zu beachten. Ihre Blumen, die sie mitgebracht hat, liegen unbeachtet auf dem Tischchen neben dem Bett.

Nun steht Hans vor ihr, seiner Frau. Doch er kann sie nicht umarmen. Eine greifbare Distanz, gleich einem unüberwindlichen Bollwerk, steht zwischen ihnen und lässt es gerade noch zu, sich einander in die Augen zu schauen – abwartend. Franzi hat das Bedürfnis, tief zu atmen, doch sie kann nicht, die Rippen schmerzen. Hans muss an den heiligen Willibald denken, ihr Schutzheiliger. »Bitte steh uns bei in unserer Krise! Lass die Franzi lächeln, zieh ihre Mundwinkel nach oben, wenigstens nur ein bisschen, dass ich sie endlich umarmen kann und alles wieder gut wird!« Doch Hans' allererstes Gebet nach seiner Kindheit wird nicht erhört. Franzis Mundwinkel bleiben, wie sie sind. Oder etwa doch? Die Tür geht auf, Max stürmt herein: »Mama, Mama, der Papa von der Kalotta hat mir was geschenkt. Schau!« Dann bleibt er erschrocken stehen. Er erkennt seine Mama kaum wieder mit dem Kopfverband, nur ein Teil ihres Gesichts ist zu sehen. Das kennt er, ebenso ihre blonden Haare, die hinten aus dem Verband herausquellen.

»Kimm Max, zoags mir, was'd host.« Die Mama spricht sehr leise, aber er versteht sie und kommt zögerlich näher. Dann streckt er ihr seine Hände entgegen.

»A Pferdl, is des schön!« Franzis Mundwinkel bewegen sich nach oben, sie nimmt Max' Kopf in ihre Hände und gibt ihm ein liebevolles Busserl auf die Stirn. Dabei gleitet ihr Blick ab und kaum länger als der Bruchteil einer Sekunde begegnen sich ihre Augen. Ihre Mundwinkel bleiben oben und für Hans ist es, als öffne sich der Himmel. »Danke, heiliger Willibald!« grüßt er nach oben. Jetzt darf er wieder hoffen!

Die Tür geht auf, Carlotta schaut herein: »Matz, andiamo adesso!« Max löst sich aus den Händen seiner Mutter, ruft »Warte, Kalotta!« und wirbelt davon.

»Des hoda von dir.« Dann fallen ihr die Augen zu.

Epilog

Erst Tage später, als Hans in die linke Seitentasche seines Saccos greift und etwas Geschmeidiges ertastet, erinnert er sich an die Perlenkette, die er Isabel doch mitbringen wollte. Er hatte sie schon vor zwei Jahren nach London mitgenommen und auch damals vergessen, sie ihr zurückzugeben. Ihre Perlenkette, die sie beim Liebesspiel in einer Salzburger Kelleretage vor dem Eingang einer Tanzschule verloren hatte, und zwar in derselben Nacht, in der Carlotta gezeugt wurde. Es sollte wohl nicht sein, dass Isabel sie zurückbekommt. Hans will sie aufbewahren und sie irgendwann seiner Tochter schenken.

»Denn alles Streben entspringt aus Mangel, aus Unzufriedenheit mit seinem Zustande, ist also Leiden, solange es nicht befriedigt ist. Keine Befriedigung aber ist dauernd, vielmehr ist sie stets nur der Anfangspunkt eines neuen Strebens.«

(aus: *Die Welt als Wille und Vorstellung* von Arthur Schopenhauer)

Glossar

Cabeceo: Der Tänzer fordert die Frau, mit der er tanzen möchte, durch Kopfnicken auf. Voraussetzung ist der vorhergehende Blickkontakt (Mirada).

Cortina: Ein kurzes Musikstück (kein Tango), welches das Ende einer Tanzrunde (Tanda) anzeigt und die nächste Tanzrunde ankündigt.

Milonga: Eine Tango-Tanzveranstaltung, gleichzeitig auch die Bezeichnung für einen rhythmischen Tanz im Zweivierteltakt, der ebenso wie der Vals (Dreivierteltakt) zum Spektrum des Tangotanzens gehört.

Tanda: Eine Tanzrunde mit drei bis fünf Stücken im selben Stil. Es werden entweder Tangos, Milongas oder Vals gespielt. Eine Cortina (oben erwähnt) unterbricht jeweils diese Serie.

Dank

Ohne diese hilfsbereiten und engagierten Menschen hätte dieses Buch nie entstehen können.

Mein ganz besonderer Dank geht an Ulrich Stock, Frank Szapko, Hannelore Burgi, Manu und Herbert Pschernig, Hermann Straßer und Tasha